一颗印

昆明地区民居建筑文化

图书在版编目（CIP）数据

一颗印：昆明地区民居建筑文化 / 杨安宁, 钱俊著. —— 昆明：云南人民出版社, 2011.1
ISBN 978-7-222-07210-7

Ⅰ. ①—… Ⅱ. ①杨… ②钱… Ⅲ. ①民居–建筑艺术–昆明市 Ⅳ. ①TU241.5

中国版本图书馆CIP数据核字（2011）第007134号

责任编辑： 赵石定　杨晓东
整体设计： 杨晓东
责任印制： 洪中丽

书　名	**一颗印——昆明地区民居建筑文化**
作　者	杨安宁　钱俊
出　版	云南出版集团有限责任公司 云南人民出版社
发　行	云南人民出版社
社　址	昆明市环城西路609号
邮　编	650034
网　址	www.ynpph.com.cn
E-mail	rmszbs@public.km.yn.cn
开　本	787x1092　1/16
印　张	7.5
字　数	60千
版　次	2011年1月第1版第1次印刷
印　刷	昆明亮彩印务有限公司
书　号	ISBN 978-7-222-07210-7
定　价	38.00元

一颗印

昆明地区民居建筑文化

杨安宁 钱俊◎著

云南出版集团公司

云南人民出版社

目录

C O N T E N T S

前　言

　　房屋作为人们最基本的生存条件之一，自有人类以来，其居住场所和形式就一直在发生着变化，并且逐步形成一种文化，即建筑文化。人们从最初的利用自然环境选择居所到选择自然环境中可以搭建居所的材料，搭建自己的居住地，经历了漫长的社会发展和社会变革。每一次变革都是对自然环境的一种适应与选择。而每一次选择都会伴随着发明创造和技术进步。从原始社会的洞居、穴居、巢居，逐渐发展为地面的房屋，经历了漫长的时光。黄河流域的氏族社会，为适应公社生活的需要，形成了较大范围的氏族聚落，已经开始使用木材和草泥等材料建盖简单的房屋，如西安半坡村的原始社会房址，已能看出中国木构架的雏形，从而揭开了中国建筑历史的续篇。

　　人们不难看出，建筑发展史实际也是人类发展史的一个重要组成部分，更重要的因地域的不同而形成了不同的建筑形式、建筑文化。随着阶级的产生、财富的分化、城市的形成，又形成了多种多样的建筑，并且出现了居住功能以外的众多建筑物，如城墙、庙宇、衙门、商店、宫殿、长城等专门构筑物。出现了建筑等级制度，少数分化为贵族阶层的人住进了宫室，大多数百姓仅能住窝棚、草房、甚至地窖，在住所建筑的等级上直观地看出了阶层的分化。同时也是经济、社会地位、文化的分化。

　　近年来，由于工作关系，我对昆明地区的民居建筑做过一些调查，尤其是当我走进昆明近郊的一些农村，所看到的许多保留完好，现在仍在居住使用的昆明传统建筑"一颗印"式民居时，觉得其中有许多值得研究的地方，并且有许多民俗的、文化的现象都反映在建筑的各个方面，本人因想探究竟、找起源、探文化、知民俗，就约请有着多年建筑文化工作经历的钱俊先生一同，对昆明周边的"一颗印"式民居建筑进行了详细的调查，访村史、家史而知一些民居建筑史，查史料、访专家而明一些民居史，通过对昆明周边近百栋老建筑的考察、比对，从中找出了"一颗印"式民居建筑的共性，也发现了大量民居建筑中的个性，共性形成了建筑的基本形制、格局；个性形成了建筑文化的多元性与特殊性，同时也发现建筑与文化传统、生活习惯、村落经济都有着不可分割的联系。

昆明"一颗印"式民居大多分布于汉族和白族聚居的坝区较大的自然村落，山区苗族聚居的村落则很少发现，这是通过调查昆明周边近百栋老建筑而发现的一个规律。总之，作为昆明民居重要的建筑形式，可见其存在的合理性绝不是某一方面形成的，而是经历了上千年的演变过程，一直延续的。

目前我们发现的"一颗印"式建筑基本上多是清代遗留下来的，民国时期的居其次，新中国成立后就基本不按此建房了，可能再过20年，想要找典型的昆明"一颗印"式民居建筑，就只能通过图片、博物馆展览来看其真实面貌了，同时也因为至今为止还没有一部专门的著作来研究昆明的代表性民居"一颗印"式建筑——这正是我们撰写这本书的本意和动力。我们在仅存的百年建筑中游历、体会、研究，并将一些不成熟的想法，带着许多疑问留给读者去解读、研究和探索。

杨安宁 钱俊
2010年12月

序

　　建筑是一种实体艺术，从它诞生之时起，就伴随着人类进程的发展而不断演变，成为承载人类文明信息的一种重要载体。特别是带有浓厚地方特色的民居建筑，更是我们了解和研究当地历史及民俗民风的形成、自然环境的变迁、生产力水平、经济发展状况等重要信息的实物证据。因此，世界各国各民族都会把一些具有鲜明地方特色的建筑物永久保存下来，作为与先人对话的桥梁，从中去体会领略先辈的智慧和追求。昆明地区的"一颗印"式民居建筑，就是一种具有典型地方特色的文化遗产。

　　长期以来，对昆明地区"一颗印"式民居建筑的认识，大多局限于对该建筑"平面近方形，就如中国传统之印章，所以称之为一颗印"的简单了解，或与北方四合院式建筑相似等话题略加阐述而已，没有系统地揭示其内涵，从而真正了解该建筑文化上的实质和相似建筑的差异。直到现在，我们很少看到有关这种建筑的研究成果。因此，"一颗印"式民居建筑究竟何时在昆明地区出现？它与昆明地区的自然环境、人文环境有什么关系？它蕴涵着什么样的文化元素？这些元素来自何方等问题的探索，包括"一颗印"式民居建筑的历史价值、科学价值和艺术价值都没有得到充分认识。然而，令人遗憾的是，这些早年在昆明地区广泛分布的"一颗印"式民居建筑，在20世纪90年代开始大规模旧城改造和新农村建设中数量锐减，几近消失。

　　本书的作者杨安宁、钱俊先生多年从事文物保护及维修工作，他们在日常工作中看到许多有价值的传统建筑被荒废、被拆毁时很是心痛，担心昆明地区这种"一颗印"式民居建筑，从城市的视线和记忆中消失。为了能让现存的这种建筑得到有效保护，使更多的人认识昆明"一颗印"式民居建筑，两人经过一年多的走访调查，将所采集到的大量信息进行筛选对比后，详作记录，精心整理和研究，总结了昆明"一颗印"式民居建筑的建筑模式及其反映的文化形态。洋洋万语，竟成大观，集成《一颗印——昆明地区民居建筑文化》一书。书中从昆明地区的自然环境、人文环境、装饰艺术及"一颗印"式民居建筑所用材料和来源等几个方面，阐述了"一颗印"式民居建筑的社会背景和人文心态，使读者在书中能从不同角度找到自己感兴趣的内容。安宁与我交往多年，他善于学习、虚心好问，在文物鉴赏方面有一定心得，对文物保护维修有真知灼见。钱俊从事文物建筑工程管理和文物保护工作多年，有较强的文化遗产保护责任感和敬业心，并有着深厚的文物保护理论基础和实践经验。两人曾经主持参与过多项文物保护工程，在实践中强化了相关理论的研究并有所突破。现两人的研究成果问世，是奉献于社会的一份特殊礼品，它将成为云南建筑史中不可缺少的珍贵资料。我作为一名老文物工作者，看到在一线的中青年文化遗产保护工作者已担负起了保护与研究并重的工作任务，倍感欣慰，故欣然命笔，寥寥数言，以之为序。

张永祥

2010年12月6日

一、昆明的环境与『一颗印』式民居建筑

1. 自然环境

　　翻开昆明历史，可看出早在石器时代，滇池流域就已经有人类活动的遗迹了，这说明滇池周边具备人类生存的自然环境，可见滇池地区从石器时代就有人类开始生活。人们从最初的洞居、穴居，一直到巢居、搭建简易窝棚到建盖茅草房，直到建盖瓦房，都是人们发现自然、利用自然提供的资源来适应自然的结果。昆明位于云贵高原西部，云南省的中部地区，地处东经102°10′～103°40′，北纬24°23′～26°22′之间，著名的五百里滇池位于昆明市的南面，这里气候宜人，森林资源、水资源丰富，植物种类众多，各种小型野生动物分布于山区的丛林中，气候属北亚热带山地季风气候，温、湿度适宜，日照时间长，霜期短，年平均气温为15℃，年平均降雨

昆明郊区一村落

"一颗印"式民居

量1000毫米，年平均相对湿度74%，无霜期为230天，平均海拔在1900米左右，其地势南低北高，加之北有横断山脉，能阻隔住部分南下的冷空气，利于印度洋西南暖湿气流进入昆明。在此地理条件下，昆明夏无酷暑，冬无严寒，气候温和，素有"春城"之美誉。明代杨慎对昆明更有"天气常如二三月，花枝不断四时春"的誉美诗句。

不过虽是春城，但昆明周边多山，又导致了其气候呈现多样性，形成了山区和坝区的气候差异，导致早晚温差大，高山寒冷，春、秋风大等小气候环境。昆明地区的"一颗印"式民居，正是适应该种自然气候和环境而产生的具有个性的一种建筑形式。

昆明地区"一颗印"式建筑为适应居住要求首先从基础就开始做起，一直到屋脊。出于防潮的需要，"一颗印"式民居建筑的正房台基普遍高出天井约70厘米左右，正房又高出左右厢房约45厘米左右，左右厢房、倒座高出天井30厘米左右，整个建筑一层（底层）处于三个不同的高度上，形成三个不同的平面格局——天井形成一个平面，倒座两厢房形成一个平面，正房形成一个平面。这是一个上、中、下的关系，也让整个建筑形成了一个较为完善的居住环境关系。

由于昆明雨季、风季集中，常年以西南风为多，平均风速为2.2米/秒。

"一颗印"式民居正房、厢房、天井形成的三个不同平面

冬春季雨水较少，但风大，常达四、五级，4月至10月为昆明的多雨季节，降雨较为集中。为防风和防止雨水入室损坏房屋，"一颗印"式民居建筑在外墙四周基本不开窗，仅在倒座二层上左右各开一个极小的木窗，用于增加光照，从而形成外向基本封闭的格局。有的木窗外有木栏（防盗栏），用于防盗。为保暖需要，"一颗印"式民居的四周外墙，包括檐墙、山墙均很厚，平均达70厘米左右，厚者可达90厘米，薄的也有60厘米，达到了冬暖夏凉的效果。屋顶形式为悬山顶或硬山顶，屋面全部采用青灰色瓦顶，这样利于排水，且雨水不易损坏墙面。尤其是厢房、倒座

倒座二层上开的小木窗

硬山顶

厢房、倒座内坡长、外坡短

屋面多为内坡长、外坡较短的格局，雨水多排入天井，利于雨水的有组织集中排放，形成了四水归一的格局，又能起到防止大风对整个瓦屋面的破坏作用，利于对建筑院落的保护，这样又形成了建筑庭院的内向小环境，利于适应自然环境和人们生活的需求。

房屋朝向，更是适应自然环境和重要建筑的采光要求，"一颗印"式民居建筑一般多选坐北朝南的坐向，少数由于所处地理环境的原因，有坐西朝东和坐东朝西的。坐北朝南的为正向房，昆明地区地处高原，阳光直射较强，尤其在冬春两季，南向房的日照时间更是达到7~9个小时，利于保暖避寒，同时也很好地利用了光照，房间光线充足。早晨太阳从东边升起的时候，西厢房已接受到了第一缕阳光，随着太阳南移，坐北朝南的正房一直享受阳光带来的光明和温暖；下午当太阳向西移的时候，东厢房又开始了阳光普照，这样的房屋座向充分体现了天人合一的自然法则，最大限度地利用了自然环境带给人类的馈赠，同时也最大限度地利用了自然资源。

昆明地处云贵高原西部，其南临滇池，三面环山，地势西北高，东南低，高山河流分布形成了许多坝子、湖泊，最著名的昆明坝子和滇池的形成，经历了漫长岁月的演变。据地质学家研究，滇池形成湖泊，沉积已有数万年的历史。由此推断，发源于昆明梁王山的喳啦箐汇集无数泉水与小溪，汇入滇池支流盘龙江，也有数万年的历史。3万年前，当滇池盆地出现了人类的生存活动时，依据发现"昆明人"头骨化石的龙潭山地质状况分析，当时的滇池湖面相当于现在的滇池面积的数倍，北到松华坝，南至晋宁宝丰，

"一颗印"式民居多选坐北朝南的坐向

东到王家营，西到观音山一线，今天的昆明城，全在水面之下。到了战国和西汉古滇国时期，滇池水位下降，滇池东南岸的大片丘陵和平地才显露出来，晋城一带，才形成了古滇国和汉益州郡的中心。至唐宋时，滇池水位退至弥勒寺、螺蛳湾一带，滇池北岸和东北岸的大片土地才逐渐浮出水面，五华山、圆通山、祖遍山和商山尽显出水面。

在滇池水位下降的过程中，盘龙江的径流也向南延伸了17公里左右，从今双龙桥附近入湖，从此，滇池北岸和东北岸扩展的面积，远远超过了东南岸，成为滇池盆地中，陆地面积最大最为宽阔的地区，为昆明城市的出现准备了地质条件。

同时，也形成了昆明的山川灵气。孙髯翁在著名的大观楼长联中所云"北走蜿蜒"之一的蛇山，是云南主城之北的主山，相传蛇山起点在会泽西北，龙气走动，迂回曲折，行入昆明境内后龙气益状，至铁峰庵处，便停顿起嶂，更含蓄旺之气，吐而起顶，于是九起九伏，向西绕南，至圆通山而开玉屏，徐吐五华秀气。由此可见古人对选择居住地自然环境的重视与崇拜，更能反映先人对山水的尊重和与山水所形成的和谐关系。滇池河流、金马山、蛇山、碧鸡山、螺峰山、五华山，将昆明变为成了一个天然的山水城市，更是自唐开拓东城以来，人类居住的乐土。

2. 人文环境

由于独特的自然环境，加之天然形成的气候条件，使昆明成为了南诏地方政权拓展东部的重要城市——拓东城。

人文环境是一个地方特有的文化气质、文化特征、民风民俗，以及与此相应的人居环境和地理风貌。它是一个地方的山川灵气，自然环境与人文心理相感应的具体反映。谈到人文环境，首先要谈到的就应该是人。作为昆明来讲，据考古资料证实，土著昆明人起源于呈贡的龙潭山，他们是生活在距今3万年前的旧石器时代晚期的古人类。有史记载的"昆明人"的起源，除龙潭山早期人类外，略有六种来源。

其一，是楚国人庄蹻在约公元前300年～公元前280年这个时间段内，带领军队从湘西溯元水到达且兰（今贵阳以东），舍船登陆，先后征服了当地的夜郎部落，又由夜郎向西，大体沿今滇黔路到达滇池地区，成为了西南边疆的伟大历史人物。庄蹻及其军队的到来，同时也把楚国先进的文化和技术带到了相对封闭落后的滇池地区，从此，楚人便在滇池地区同当地人民共同生产生活，互通婚姻，慢慢延续下来。

其二，随郭昌及其他汉使、汉将而来之秦、晋、豫、陇人。汉时，出使西域的张骞自西域返回长安，对汉武帝说，在大夏时见到蜀布，邛竹杖，是蜀商人到身毒国（今印度）经商转到大夏（今阿富汗）的，张骞建议从蜀国经西南夷打通身毒国的道路。于是汉武帝派汉使出使西南夷，到达云南时，由于受"昆明人"所阻，"终莫得通"身毒，乃于元狩三年（公元前120年）在长安西南凿"昆明池"以习水战，以便出兵开发"西南夷"。后汉派两将军郭昌、卫广带兵往击昆明之遮汉使者，从此大批汉人成为昆明人，并且在今晋宁设益州郡，从此滇池地区纳入了汉朝中央王朝的版图。郡县制度在滇池地区的推广，使当地社会经济得到了较快的发展。同时汉文化的传入，也带进了内地一些先进的生产技术，尤其是封建生产关系的传入，对昆明各族内部的社会发展起到了极大的促进与推动作用。

其三，武侯南征，留而不去，逐渐流入了一批川陕人与西凉人。三国时期，中原三足鼎立，南中大姓，在附蜀问题上持有歧义，诸葛亮决定亲征云南。在战略战术上采纳了心战为上，兵战为下的建议，并七擒孟获，大军到了滇池地区完全平定了南中。同时也留下了一批川陕人与西凉人在滇池地区生活。

其四，唐代多次用兵南诏，兵败后有被俘者留居云南的一些中原人。自天宝年间，南诏大败唐兵数万人，一批中原人进入滇池地区，并且带来了中原文化。东西寺塔，是昆明地区现存最早的建筑，具有典型的唐代风格，建筑者应为唐代中原人。说明在唐代，昆明深受中原文化的影响，已涉及社会生活的方方面面。

其五，元世祖平滇后，留在昆明驻守的蒙古人。公元1234年，蒙古铁骑灭亡了中国北部的金政权后，偏居南都的南宋政权便成为其进攻的重要目标，在灭南宋的过程中，蒙古军不断取胜，迅速占领中原地区。公元1253年9月，忽必烈奉命从宁夏的六盘山出发，率军南下，至四川西北的松潘地区，然后兵分三路进攻大理，破城后，大理王段兴智逃到滇池地区的押赤城（今昆明），后被俘。公元1274年，忽必烈派回回人赛典赤入滇任云南行省平章政事，公元1276年云南成为全国十个行省之一。赛典赤治理云南期间，兴水利、建孔庙，改善民族关系，为云南的发展起到了重要作用。与其同来的蒙古人、回回人便定居云南，与本地各族人民和睦相处。

其六，随沐英、傅友德、蓝玉而来的江浙人。洪武元年（公元1368年），明王朝建立时，云南人处在元朝梁王统治下，洪武十四年（公元1381年）岁末，朱元璋派傅友德为征南将军，蓝玉、沐英为副，率兵三十万讨云南，洪武十六年（公元1383年），朱元璋以云南平，命傅友德、蓝玉等班师回朝，以副将军西平侯沐英留镇。明初随军来的汉人，除江浙人外，还有江西、山西等地人。据记载，总数不下三四百万人。且省外汉人到云南后，多住平坝及城市，土著一般移住山区和半山区，目前昆明及周边居住区的形成，实与明代汉人有密切关系。现在许多昆明人会说，祖上为南京柳树湾高石坎人，是随明军南下时留居云南的。

从以上昆明人的六种来源看，昆明地区自古以来就是多民族大融合、大团结、多元文化共存。相互影响、共同进步的适合人类居住的富饶之地。各地各民族的人，到了昆明后，不仅带来了先进的思想，先进的生产技术，先进的文化观念，同时也将各地的风俗习惯、语言、传统技艺、手工艺，甚至生活方式、建筑形式，带到居住地，并且影响和融入了当地的文化。

近年来，由于工作关系，笔者曾调查了昆明的许多老建筑，有传统的汉民族民居，也有少数民族民居，更有深受西方文化影响的西式建筑，也有中西合璧的民居建筑，更多的则是受中原文化影响，而又在当地形成独特风格的民居建筑，"一颗印"式民居建筑只是其中的一种。笔者曾查阅了大量的史料，并对昆明周边的官渡、西山、富民、寻甸等地的"一颗印"式民居建

历史的记忆

筑进行过调查，更多的调查工作是在沙朗白族乡和厂口乡完成的。调查研究工作持续了近一年的时间，现场查看了近70院颇具代表性的"一颗印"式老建筑，走访了近百人，而深感其建筑之中所含的文化之深远，更惊叹先人对建筑文化的追求与传统文化不可分割的传承。

3. "一颗印"式民居建筑的渊源与建造年代。

说到"一颗印"式民居建筑，因其建筑院落平面整个呈近乎方形布置，如中国传统之印章，故而冠以其文化意义，用较能表现中国文化传承的印章名称形象的命名。在对沙朗桃园村的"一颗印"式民居建筑进行调查时，其村民均称其祖辈是南京柳树湾高石坎人，是明时随沐英到云南的。我们觉得有必要去认真了解一下，于是找到多位村中长者，均为60岁以上者，其中一位80岁老人告诉我们，桃园分大村、小村，在桃园小村的东北方向，至今还保留着一处墓地，村民俗称"大坟山"。那里的墓碑或许可以为我们找到一些答案。由此，我们开始对桃园村的历史、来源及建筑进行调查。

桃园村位于昆明市五华区西北部的沙朗乡桃园盆地，盆地地处长虫山与水量山之间，其地势南低北高，属高原山地地貌。其山上植被茂盛，红石岩水库、西白沙河水库为其主要农业灌溉水源，农业生产主要以种植水稻、玉米、蔬菜为主，但桃园的制砖业较为发达，耐火砖的生产为桃园的主要副业。桃源村为汉族聚居村，大村现有500余户村民，1800余人，村民大多为李姓、杨姓；桃园小村有300余户村民，村民人口1200余人。村民大多姓王。在村民的带领下，我们来到了位于桃园小村东北方向500余米处的大坟山，见到了明王彦忠将军墓。

将军墓周边现已变为一片果园，墓葬坐北朝南，青石墓碑为长方形，高1.9米，碑文直书阴刻：

明故武罢将军始考王公讳彦忠之墓，光绪十九年王氏合族同立。

墓碑左右书：

鹤飞凤舞朝穴坐　龙蟠虎踞振山冈

该墓由于历年被盗多次，墓冢部分条石已经损毁。

王彦忠将军墓碑

笔者又在距离桃园盆地一山之隔的沙朗坝子顺风村后山寻到"前昆明县议会长外北乡分团首张君仰山传"碑。该碑为青石质地，高2.3米，碑额为弧形，雕花草纹，书"名垂万世"。碑自左右书："尽瘁乡邦勿忘前旧事，勒示墓道明功后来人"楹联一对。碑文主要记述了张国昌先生生平事迹。先生同治六年生于沙朗，自幼习文练武，早年师从钱用中先生，由于其虚心勤奋，颇得师长器重。后受到反帝反封建思想的影响，立志救国，兴办教育，先生为人正直，乐于助人，深得地方父老乡亲爱戴。光绪末年，被乡人推为堡长，后又被推为北路副团练，管理沙朗、桃园、厂口、头村四堡事务及防务。民国时，由于爱民并剿匪有功，被选为县议会议员。后被人诬陷通匪，于1928年自杀于拘押所。1932年，沙朗全体乡民为先生立碑。

张国昌先生作为沙朗名人，其亲自为家族撰写的本家族族谱《清河世代族谱》，记述了其祖籍的来源，正是南京，现摘录部分如下：

余祖籍江南应天府柳树湾高石坎人氏。至明初，随从傅公友德、沐公英、蓝钟礼、蓝钟秀等诸公，率雄兵平南。而我祖与专追至.我祖不知何时何人，落籍于昆明县外北乡沙朗堡西村。……猖乱，族谱失尽，无从考查。余仅闻先伯父张德遗言，略述记之。自清初雍正年间，而我祖由沙朗西村，迭分三支出境。一支迁于迤东巧家所属三江口方静地方，一支迁于嵩属邵里散旦德侉沙营、廖营等村……一支迁于本境东隅。有吾祖张连举，辟草莱，拓土地，始成东村。……诚恐年远代湮，秩序尤为紊乱，使后世子孙无从追考。

中华民国十三年七月十六日 张国昌题

从以上记载表明，王彦忠将军被称做始祖，证

前昆明县议会长外北乡团首张君仰山传碑

明桃园村的王姓、李姓、杨姓村民的祖辈是随傅友德、沐英南征时留在此地定居的军人后裔。虽现无更多其他旁证，但现在的散旦沙营、廖营仍在，且村民一致称其祖辈是南京人。是明初随沐英、傅友德南下驻守此处为营的。村中仍留有清代"一颗印"式民居建筑。

根据调查的资料与内地民居建筑形式，北方四合院建筑样式做横向比较后，我们认为，"一颗印"式民居建筑是内地民居"庭院"式建筑与"廊院"式建筑为适应昆明地区的自然环境与气候，而由内地汉族移民在昆明地区选择的一种民居建筑，并通过多年的演变而形成的一种基本建筑模式。

内地的"庭院"式建筑与"廊院"制建筑讲究轴线对称关系。布局手法一般都采用沿纵横轴线均衡的对称方式布置，大多以纵向轴线布局为主，横向轴线布局为辅。庭院式布局为在纵轴上先配置主要建筑，再在其两侧和对面配置次要建筑与之相对，组成封闭性的空间，形成四合院。还有一种布局称"廊院"制，其实也是庭院式布局的一种，廊院建筑在纵轴上建主要建筑和次要建筑，再在院子左右两侧用回廊与主体建筑联系起来，构成一个完整

昆明地区"一颗印"式民居对称的布局

的空间布局。这种回廊式建筑从空间上看，有高低错落之感，在平面上同样以对称为主要建造方式。

总之，内地院落建筑只要将其形状、高度、大小、与木构建筑的形体、式样、材料、色彩加以变化，就能做到诸多变化。昆明地区的"一颗印"式民居建筑"三间四耳倒八尺"的格局，基本上符合北方庭院式建筑的形式。其纵向布局，左右厢房对称，正房与前面的"倒八尺"前后呼应，正房与厢房高低错落，整个廊形成内部串联，组成了一个封闭的独立空间。这种建筑的布局方式，很适合古代社会昆明汉族居民在物质和精神方面的各种生活要求。

再有"一颗印"式民居建筑平面布局基本呈方形，反映了传统文化中崇"方"的思想观，所以说昆明地区"一颗印"式民居建筑，是内地汉族南迁后将中原的传统建筑文化传播到滇池地区，并根据当地自然环境和气候条件结合起来，而建造的具有昆明地方特色的民居建筑。汉族的这种"一颗印"式民居建筑，在时光的长河中，渐渐还影响到了生活在周边少数民族的建筑文化，如生活在昆明沙朗等地白族所建的民居建筑。

谈到昆明"一颗印"式民居建筑的形成年代，有众多的说法，一是唐宋时期，昆明从唐人（内地汉人）到昆明开始，即有了"一颗印"式民居建筑。二是元代来的军民所建。三是明朝初年，傅友德、蓝玉、沐英带兵征服云南时期，其中有一批从北方来的随军工匠，为明军所建的房屋就是"一颗印"式建筑。四是清初吴三桂进军云南，带来了大批的工匠开始建造"一颗印"式建筑。

带着种种疑问，通过对昆明周边现存的"一颗印"式民居建筑进行调查，我们认为，"一颗印"式民居建筑应该是从明代开始，在汉民族的四合院建筑基础上开始演变，一直到清代早期，才逐渐形成了"三间四耳倒八尺"的基本格局和形制，而后成为一种建筑模式，即昆明地区"一颗印"式民居建筑的形成始于明，成熟定型于清早期。

为什么这么说？理由如下：一、根据现有的考古资料对现存的保存完整的近70院"一颗印"式民居建筑实物例证进行调查的结果。二、根据地方文献记载资料。三、考虑自然灾害及人为因素（如战争破坏）对建筑所造成的毁坏。首先，这70院建筑的分布均在昆明市周边，包含了昆明的东南西北方向，而且均在昆明的80公里半径内，现发现最早有确切建筑记年的是坐落于沙朗头村的一院"一颗印"式民居建筑。近年房主人在对其进行维修时，发现了藏在屋脊一方孔中的一张用宣纸写的"咸丰六年腊月初八日建"的题记，据主人陈述，最近的修缮仅换过几根椽子，其余的均是老工老样，并未修缮改变过，其保护的方法就是有人使用并经常检漏。我们看到，其木构件经过一个多世纪的烟熏，已经形成一层乌黑的保护层。不生虫，不腐朽，不变形，上百年仍然完好如初。通过建筑与建筑的规模、用材、台基、梁架、柱础、大门、雕刻工艺、门窗式样、装修等对比，我们认为，这栋房子应该是我们目前所能找到的建造时间最早的昆明地区"一颗印"式建筑了，有确切纪年的咸丰以前的"一颗印"式民居建筑，再没有发现了。仅在厂口乡禹都甸村发现有建房完成后，主人朋友赠送的在大门上悬的匾额，上书有光绪

历经百年，楼楞、楼板仍完好如初

年字样的文字，证明其在光绪年间建盖的。另外，我们还在沙朗二村一院
"一颗印"式民居建筑柱础上发现，刻有"民国二十六年造"字样，证明该
房为民国时期所建。

据资料统计，山西五台山佛光寺正殿、南禅寺正殿为中国现存最早的土
木结构的古建筑，为唐代所建。昆明现存最早的古建筑应为坐落在东寺街上
的西寺塔和坐落于书林街上的东寺塔，双塔为唐时所建的慧光寺、常乐寺的
佛塔，为唐代建筑的实物遗存。二十世纪80年代初，考古人员在对西寺塔进

有记年的民国时期"一颗印"式民居

行维修加固时，发现了梵文塔砖等文物，双塔虽保留至今，但也经历了数
次重修。据《建塔存功记》和《云南府志》记载，明弘治十二年（公元1499
年）冬，昆明大地震，西寺塔倾倒过半，十六年（公元1503年）由太监刘昶
和滇人重修。康熙年间也曾有修缮。道光十三年（公元1833年）昆明大地
震，西寺塔塔刹被毁，塔身部分损坏，后修复。光绪九年（公元1883年），
总督岑毓英在原基础上向东移数百步重修东寺塔，所以才有了"东寺塔不在

东寺街"的说法。二十世纪80年代，考古人员对东寺塔也进行了维修。西寺塔是昆明地区现存最早的砖石建筑物。

另外在昆明周边，安宁的曹溪寺据说仍保留有宋元风格的宝华阁，但大范围内，所能见到的较完整的明代建筑已经很少了。

据记载，道光十三年（公元1833年），昆明大地震，连震数月，城内城外房屋损毁众多，一月之间地震多次，人们日夜不安，都不敢在屋内，怕墙倒屋塌，只好将家中桌椅板凳支于街心空地，搭上木板，躲避灾难。此时正值七月，雨水来临，地面时常积水，百姓坐卧俱难，房屋倒塌无数，百姓死伤多人。据称杨林街上，房屋倒塌过半，长坡房屋完全倒平，大板桥房屋亦倒去三分之一。附近大小村寨，有的房屋全倒，有的倒去大半，可见道光年间大地震对昆明地区建筑的破坏之大。

还有战争因素，尤其是清代所发生的几次大的战乱，对建筑产生了较大规模的破坏，致使老建筑几乎灭迹。近来来，拆旧建新的大潮兴起，致使靠近城区的老建筑不能幸免，几乎都变成了钢筋水泥的高楼大厦。老建筑真正成了古董，成为了人们关注的对象之一。

所以，根据以上论述判断，昆明地区的"一颗印"式民居建筑应是由明代外来的汉族根据北方四合院建筑为基本形制，为适应昆明地区的自然环境与人文精神通过逐渐改进，直到清代初期，才形成为一种成熟定型的地方民居建筑院落特殊形制，使之成为具有明显地方特色的建筑形式。

二、昆明地区『一颗印』式民居建筑所用材料

1. 石材

昆明地区"一颗印"式民居建筑所用的石材大都为就地取材，这和昆明所处的地理环境和地貌有着直接的关系。昆明地处高原，山地面积较大，山上石材资源较为丰富，山地为建筑提供了丰富的材料资源。如在民国以前，昆明城里的建筑石材大多来自西山脚下的各个采石场，每个采石场都有严格的分工，有专门从事采石的采石工，也有专门从事石料加工较为专业的石匠，他们都能按雇主的设计要求直接加工成材，用船运到篆塘、小西门等处，再用人抬马拉运到建筑工地。这是利用了滇池水系的运输便利，才得以完成的工作。

在古代，由于起重设备、运输设备、运输道路等资源有限，人们不可能采取难以完成、且费工费时的方式到很远的地方买石材，所以一般都是就地取材，来解决建筑中所需要的石材。如笔者在沙朗调查"一颗印"式民居建筑就发现，有的天井铺的整个石条长度超过2米，宽度超过0.4米，阶条石也有超过2米长的，其重量在1吨以上，如果长距离运输，其所花费的人力、物力、财力是很难完成的。经调查石材来源，发现附近就有采石场，所采石的质地和建筑内用的石材基本相同，均为青白石，这点印证了对建筑石材的来源的判断，多为就地取材。

昆明地区的青白石石纹较细，质地坚硬，质感细腻，不易风化，其色青中泛灰白色，具有较好的观赏效果，加工后不易缺棱掉角，表面光洁，耐腐蚀，防潮湿，是建筑中所用石材较好的良材。适于加工各种石质构件，且能雕

台基、天井所用青白石料

台基、天井所用砂石料

刻各种图案，磨光效果好，适于建筑用材。还有一种石质材料红砂石，由于其硬度低，易风化，使用时间长会起层剥落，清初后就很少选用了。所以在昆明地区凡是用红砂石制作的石雕刻作品，石构件一般多数都可以推断为清代早期以前的，只有少数的清代后期建筑由于各种原因在使用。圆通寺内的"圆通胜境"坊挟杆石和台基，所用石料为砂石，系清初建盖时的遗物，现表面剥落风化严重，其稳定性和艺术价值受到损害，亟待修缮保护，但现阶段还没有非常成熟的修缮保护技术。

青白石，昆明人一般俗称青石，其在昆明"一颗印"式民居建筑中大量使用，特别在建筑的基础及墙体下碱。建筑所采用的基础主要用材，一般为毛石。所谓毛石是从采石场直接拉到建筑工地，稍微粗加工后形成方形直接用于建筑基础内的。基础上的石台基是一个有着一定高度的平台，其在平台中又分了几个不同的高度，即天井最低，厢房平台其次，正房平台最高，台

圆通寺中的"圆通胜境"坊挟杆石所用砂石料

"圆通胜境"坊

略显沧桑的石台阶

基的构造基本上全用石材做构件，如土衬石、陡板石、阶条石、柱顶石、地面石等，另外天井的地墁用石条、石板，大门的门墩石，上下相连的踏跺，二楼窗台上的窗榻板等，均采用石材。尤其是柱础直接承接柱子，受力大，对石材的质量要求高，所以多采用青石加工制作，以满足建筑的受力要求。总之，整个台基的立面均为石材砌筑。所以站在天井看"一颗印"式民居老建筑的台基，光亮的石材仿佛已使你感觉出建筑的年代了。

2. 土

土地是人类生存最根本的条件之一，土也是人类最早利用建筑自己家园的材料，处在原始社会时期的人类，由于技术和生产力的落后，最初只能选择在天然的洞穴中居住，生活来源只有依靠洞穴周边的天然资源，无法扩大其活动范围，随着天然洞穴周边有限资源的减少，直接威胁到了原始人的生存，人们只好转移居住地，寻找新的空间，从而出现了巢居、穴居等新的居住方式。这种变化是技术进步和生产力进步的体现。人类通过改变居住方式，从而可以获得和利用更多的资源，以适应自然和利用自然。

所谓巢居，就是人们利用天然植物在树上搭建的窝棚。而穴居则是人们开挖于土坡中或地下的洞穴，这是人类最早利用土来完成自己居住梦想的开始。从此人类可以自己选择居住地了，而不必在天然洞穴内居住，以更有效的利用资源，使生产效率和生活质量大为提高，活动范围扩大，社会飞速进步。原始社会以后，随着生产力的提高和生产技术的进步，人们更多地选择地面建筑为主要的居住形式。这种地面上出现的建筑，不再是单纯的用土来完成的穴居，也不是单纯用木头完成的巢居，而是用土和木结合起来完成的土木建筑。这种土木的完美结合，宣告了建筑技术和工艺的一个质的飞跃，并且成为中国社会几千年来建筑工艺和技术完整传承和不断完善发展的有力见证。

随着时代发展，科技进步，技术的改进，建筑技术也日益完善，人们对住的要求也越来越高。但土却被作为一种重要的建筑材料而得到更加广泛的使用。人们喜用土建筑房子的一个重要原因是，土材料分布较广泛，几乎有人的地方就有土地，有土地的地方就有人居住。且土材料极为方便取用，并且造价低，加工制作方便简单。并且又具有良好的防护、保暖、隔音等作用。土在土木建筑结构中，主要用于砌筑墙体，俗称夯土墙和土坯墙，除了有保护、御寒等作用外，还有对木构架起横撑、围护的作用，同时也起到对木构架的部分构造连接和部分承重作用，其用作建筑材料较为经济实用。

昆明民居"一颗印"式建筑中的墙壁均采用土墙，据对所调查的建筑进行测量，发现所有建筑的墙厚基本在70厘米左右，薄的也有50厘米，最厚的超过90厘米。每一面墙还有一个特点，最下面要厚一些，越往上越薄一点，靠近屋檐的最薄，也就是从下往上逐渐收分。其砌筑土墙的方式也分三种。一是上下全是夯土的夯土墙，百姓俗称"干打垒"，二是上下全部用土坯砌筑的土坯墙，三是下半部是夯土、上半部是土坯墙。所谓夯土墙，即是取具有一定黏性的土壤，加入草灰、草筋植物拌合，在含水率合适的情况下，将

夯土墙

土坯墙

下半部夯土墙、上半部土坯墙

要砌筑的墙体用筑墙板支撑，形成墙模，加土夯打，直至坚固，形成墙体。再将木板往上提，支撑在已经筑好的夯墙上，层层往上，一直到建房所需的高度。这种夯土筑墙方式也称"版筑"。其所用夯杵有多种，有石质的，木质的，铁质的等等。

土坯是使用模具将土制成一定形状的土块作为砌墙材料的。昆明"一颗印"式民居建筑中，土坯又被称为土基（旧时称土墼，墼指的是未烧制的砖坯，将土坯称为土墼，说明昆明话中还保存有一定数量的古语），做土坯俗称"抹土基"。土坯的尺寸一般为33厘米×17厘米×13厘米左右。其砌筑方式通常为一层立坯，一层平坯，或两层立坯，一层一丁五顺的做法。

在调查中刚好见一村民在拆自家老宅，我们发现土墙中有木棒，并且木棒摆放有规律性，与墙的走向一致，木棒尺寸统一，直径约为6厘米左右，木棒有圆形的，也有方形的。村民称为墙肋笆，主要起防盗拉强的作用，盗贼土匪如想挖墙入室木棒将起到很大的防护作用，主人能够有充足的时间应对，同时也起到对墙壁的拉强稳固作用，也叫拉强筋。这种做法实际上叫木筋土墙，木棒的作用相当于现代的钢筋，具有抗震、联结、强固墙体的作

木筋土墙

用，由此可见当时的人们是如何的科学建房。

抹土基一般先选好黏土，后加草灰及加工过的草杆，拌水后由牛或人反复踩踏，使其充分拌合熟透后，放入模具中压实抹平，取出模具，蘸水后再加工下一个。模具蘸水，主要是土坯加工完成后，模具好取出，并使土基四周平整。一般土坯需阴干后才能用于砌筑墙体。为防雨水侵蚀，大多土墙外又粉刷了一层泥土，主要原料仍为土和草拌合而成，从而使土墙得到有效的保护。从土坯墙的应用可以看出，百姓对土是怀着一种敬重的心态来传承文化的。

3. 木材

木材作为人们用来建盖房屋，早在原始社会的巢居建筑中就已经出现了，在中国古代，人与自然天人合一，人们从石器时代进入到青铜时代、铁器时代经历了漫长的岁月，石材由于开采加工较为困难，而木材作为自然资源，到处都有分布，森林资源也较为丰富。木材作为建筑材料不仅采伐容易，加工也比较方便，不需要太多的人为条件和技术要求，所以从原始社会后期，人们就开始用木材作为主要材料建盖建筑物了。并且开始习惯于以木材为建筑的最基本的材料了，人们经过长期的实践，对木材的用途和木结构建筑的性能和优点有着较为充分的认识，觉得木结构建筑便于就地取材，加工相对简单，容易成形，结构灵活，易于拼装，具有柔韧性，通透性，其纹路、色泽、气味等性质特点，还体现着某些生命的亲和力，具备方便建造房屋，能满足人们生产和生活中各个方面需要的特点，具有十分广泛的用途，并能适应各种自然条件下人们居住的需要。

于是用木材建筑房屋就成为人们社会生活中一种重要的传统和技术。木构架建筑成为中国古代建造房屋的一种主要方式。但木材也有一定的局限性，如强度低、刚度小、易腐蚀虫蛀、易燃、有尺寸的局限、不长久等。古人选择木材作为主要的建筑材料，并不是不了解它自身的缺陷，但却偏偏选择了它，并且能扬长避短，创造了木结构技术与艺术完美结合的建筑实体。

　　随着生产实践和应用木材技术的提高改进，人们从捆绑支架相互联系木材形成房屋，到发明榫卯穿斗技术组合木构架建筑，到斗拱支撑出现，经过了漫长实践和进步，形成了完整的中国建筑木构架体系。又因人们所处的自然地理环境不同，木结构又形成了抬梁式、穿斗式、干阑式、井干式等多种结构体系，抬梁式又成为木构件体系中占主导地位的木结构体系。

木构架结构

　　在古代，昆明地区森林资源丰富，树木种类繁多，适于用于做木材的树种很多，而且质量较好，其中松木类因其纹理顺直，木质软，好加工，耐腐，力学性能良好，不易开裂变形，成本低等优势，渐渐成为人们的首选建筑用材之一。在调查的昆明"一颗印"式民居建筑中，使用沙松木的比例较大，原因是其分布范围较广，容易成材，在松木类木材中量大，故多用松木作为建筑用材。

　　民间有一种说法，"一颗印"式民居建筑的脊檩多用红椿木，有春天来临，万物复苏，六畜兴旺之意。在昆明周边的山地上，至今仍广泛分布着松木林带，野生松木占绝对比例，一般称为"云南松"。其上百年树龄的松木仍然能找到，但比起古代树种在减少，成材的林木也越来越少了。但仍能发现先民们建筑房屋时所使用的树种，据说红椿早年在山上还能找到，但由于气候变化，人类破坏，损坏了其生长的环境，现已难觅踪迹了，只能从外地运来。其他树种建盖房子的实物例证，笔者在调查中并未发现，所以可以得出结论，昆明"一颗印"式民居建筑所用的木材为就地取材的本地松木。且用沙松建筑房屋的占绝大多数。

4. 砖瓦

在中国历史长河的文明中，秦砖汉瓦作为一种文明的代称，已经流传了上千年，说明了中国社会对居所的重视与崇拜。随着文明的进步，人类的建筑活动也出现了众多的发明创造。其中砖瓦的出现，更是人们告别土坯墙、茅草屋顶的文明进步的象征。据考古资料证明，砖瓦在周朝时就已经出现，目前已知的最早的砖瓦实物在西周时代已经产生了。到战国时，开始用砖瓦建盖房屋了，只是数量奇少。只有帝王宫殿使用，普通人只能依然使用土筑草覆的方法建造自己的房屋。

砖瓦在建筑上的使用，对中国古代建筑的发展有着深远的影响和重大意义。砖的使用，提高了墙体的强度，增强了墙体的抗风雨腐蚀能力，延长了墙体寿命，并使墙体有

青砖砌筑的门柱

条件变薄，增加了室内的有效使用面积。不过，昆明"一颗印"式民居建筑墙体全部采用土墙，到目前为止并未发现有砖墙的"一颗印"式民居建筑，砖只是用于大门门墩的砌筑，和少量砖瓦檐上。不过，我们的调查也表明，昆明"一颗印"式民居建筑大门全部为砖砌，为的是使大门墙体结构合理美观，一般大门采用磨砖勾缝的做法，即要将砖的五面进行磨平，然后一层平砖顺砌，一层侧砖顺砌，并上下错缝砌筑。做工好的最后还会用工具将整个墙面磨平并勾缝。砖均采用30厘米×17厘米×7.5厘米左右的青砖。

昆明"一颗印"式民居建筑屋面全部采用瓦件覆盖，瓦的实物最早出现在西周的宫殿建筑遗址中，从此人们逐步告别以草为顶的历史。

最早的瓦用陶土烧制，所以也称陶瓦，随着瓦的类型增多，又有青瓦、铜瓦、琉璃瓦等等。"一颗印"式民居建筑所用的瓦全部为青瓦，青瓦是不上釉的普通青灰色瓦，也称布瓦、片瓦。它是用泥土烧制而成的，青瓦中又有板瓦、筒瓦和勾头瓦。板瓦有一定弧度，并且两端大小不一，分大小头，

"一颗印"式建筑所用的勾头瓦

筒瓦则呈半圆形。在椽子上铺瓦时，一般是先盖板瓦，即将板瓦的凹面朝上，顺着椽子叠放，一块压一块，形成一列的瓦沟，在沟与沟之间形成的中缝上，再盖上筒瓦，屋檐最下面的一块有圆形的端头装饰称勾头瓦，上面布满各种图案或文字。

昆明民居所用瓦件一般均为就近加工，且尺寸规格相对统一，如沙朗的桃园、龙头街、普吉、小板桥、马街等处，均有砖瓦窑。这些规模小，但数量多的砖瓦窑有着较为严格的分工，烧砖的基本不烧瓦，烧瓦的基本不做砖，这样更利于提高效能，改进技术，保证质量，还可以降低成本，利于普通百姓使用。

5. 油漆

昆明"一颗印"式民居建筑的内部油饰，基本上都是用黑色土漆做的油饰。不过，门窗的颜色也有用土红色来漆的，根据清代建筑的等级规定，只有高等级的建筑，如宫殿、宗教建筑、王府、衙门等才能使用红色。红色中，又按不同的红色来进一步分等级，普通百姓只能用黑色，从颜色也可看出建筑的等级制度。但昆明由于地处边疆，远离京城，加之清后期其制度建筑逐渐趋于放宽，所以百姓也有用土红色的油漆来装饰建筑了。

昆明是个多山地区，其植物种类中原来就有一种树种叫漆树，从漆树身上割取乳白色汁液，是一种天然的树脂漆，经过简单加工虑去杂质，脱去水分后就是生漆。在经初步加工制作，即可用于建筑装饰。在上漆前，一般要做油灰地仗。所谓地仗，就是对木材用油灰进行补平。经调查我们发现，昆明"一颗印"式民居建筑地仗全部为单披灰地仗，没有麻布地仗的。

单披灰只用油灰衬底，油灰是由瓦灰、桐油、面粉、石灰水等经不同工艺处理而成的，一般披三道灰后上生桐油，称磨细钻生，操作方法为，细灰干后，以丝头蘸生桐油，跟着磨细灰的后面随磨随钻，使油钻透，干透后，上土漆，即完成了油饰作业。

用土漆刷的建筑物具有漆膜坚硬，耐久性好，耐磨性佳，耐热、防水、

耐久性好的土漆

防渗、防虫蛀，不易脱落等优点。许多漆面虽有上百年的历史，至今看起来仍然光亮如新，这说明土漆对木材的保护作用，竟是如此完好。

三、昆明地区『一颗印』式民居的建筑形制与文化

1. 平面布局

一般建筑的平面配置，无论是宫殿建筑、寺庙建筑、衙署建筑还是功能建筑、民居建筑，都是由一个或者若干单个建筑依照对称均齐的布局规则构成的一个建筑群或单体建筑的，对称的原则是中国建筑最主要的原则之一，其二是整齐的原则。一般最主要的建筑往往居中，布置在纵向轴线上，纵轴线后端称为正殿或正房，正殿和正房左右均衡对称地分列配殿或厢房，与正殿或正房相对的又称前殿或倒座，这四个单体建筑物往往围合成一个四合院，这种方形围合的四合院建筑中间部分为院子，又称天井，通常用方石或条石铺地。方形合院布局充分体现了中国传统文化中"择中崇方"的思想观，体现在建筑文化的平面布局上，择中，即中为尊为大，崇方更是体现了农耕时代人们对土地的敬畏和信仰。更体现在旧婚姻制度中，一夫多妻制度下，人们常用正房、偏房来形容妻子的家庭地位和社会地位。同样也反映了房主人的不同社会地位。昆明"一颗印"式民居建筑的平面布局同样也反映了房主人的社会地位，经济状况和文化品位。

据我们对近70栋"一颗印"式民居建筑的调查，发现真正平面近方形的仅占五分之一，而长方形的占到了五分之四，这是因为，正房的进深加厢房的面阔和倒座进深大于正房的总面阔。这种建筑布局更加合理与科学，方便生活使用，也更加实用。经对近70栋老建筑中的长和宽进行统计，没有小于10米的，占地面积最小的为180㎡，最大的达400㎡，没有发现占地面积小于180㎡和大于400㎡的建筑。平面多呈纵向的长方形，横向的长方形较少。最为典型平面呈横长方形的就是禹都甸的两院建筑了。

一般纵向长方形多为三间四耳倒八尺的布局，横向长方形较少，只发现了三院五间四耳倒八尺的建筑为横向长方形，其余均为直长方形。"一颗印"式民居建筑布局均衡对称，但在平面布局上就有主次、高低之分，且从地面标高和楼面高低不同就体现了传统中国文化尊老敬长的文化习俗，整个一层地面布局由高、中、低三个不同的层面组成，高者正房，居住长辈和新婚夫妇，中者为两厢房，也称耳房，居晚辈和用于厨房之用，低者为天井，主要为生活提供方便，如水井、花台等均在天井里。

"一颗印"式民居的布局

一般来讲，"一颗印"式传统民居建筑由台基、墙体和屋顶三大部分组成。台基是基础部分，也是平面布局部分，台基的布局决定了建筑的布局形式，台基通常分两个部分，埋在地下的为基础部分，露出地面的部分称台明，所以建筑物的空间尺度和艺术造型、稳定性都与台明有密切关系。台基各部分尺寸，受到屋顶出檐深度和檐柱径等相互关系的制约，有相对的比例关系，整个台基的长度和宽度包括高低，其尺度是根据屋顶形式和木构架结构设计出来的。

昆明"一颗印"式民居建筑的台基呈一个"回字"两个方框中间为台，内方框中为天井，而且分三个层面，高者为正房台基，中者为厢房、倒座台基，低者为天井。一般正房台基高出天井50～90厘米左右，厢房台基高出天井15～30厘米左右，正房高出厢房45厘米左右，一般设三踩，每踩15厘米

高低错落的建筑格局

左右。天井铺地一般为方形石铺地，多40厘米的方形石铺地，条石铺地也常见，一般为错缝横铺。也有随意铺设并且尺寸不同的，大者3米，小者20厘米，少数的甚至有图案和甬道。同时天井也是收集雨水、排水的主要渠道，故天井下通常都有排水沟，有的排水口上用石材做成铜钱图案的篦子（地漏）等形式，反映了百姓对水的尊崇，同时也反映了农耕文化中水对百姓生活的影响。

院落内台基四面均为条石砌筑，里面大多填土，表面铺墁砖石，大多为长方形。一般正房台基为五层条石，也有三层和四层的，但多为单数，正房台基通常的高度在50～90厘米左右，厢房在15～30厘米左右（以天井来计）。清代规定，民居房屋的台基不能高过一尺，一尺为33.3厘米。但我们实际调查的情况却完全不是这样的，大多均超规制。由此可看到清政府的规制在各地均有不同的实际偏差。这也反映了清统治时虽然有严格的社会等级制度，但在老百姓心里，特别是在云南这样的边远地区，并未完全严格地遵

天井的铺设采用不同尺寸的石料

铜钱图案的地漏

循这个制度，而是根据生活的需要，根据所处地理环境、气候和传统文化来布置平面布局和设定台基高度的。所以说，建筑的平面布局反映了封建制度下，人们对建筑的文化理解，更是一种传统思想的传承，但也有不断创新和不断变化的痕迹，从中折射出的是实用与寄托，这仅是建筑文化的一种方式。

2. 大门

　　昆明地区"一颗印"式民居建筑的大门是院落与外界连接的最重要的出入口，一般均开在倒座房的中间，只有少数开在倒座的左边或右边，属屋宇式大门。大门既能单纯地呈现为一座相对独立的建筑形制，又是一间屋的形式，可以说是屋又是门。旧时的昆明人非常知道利用天时地利来建造自己的住宅，所以多采用坐北朝南的形式来建盖房屋，大门多处于东南方向是极其趋和有利自然条件的，因为东面是太阳升起的地方，大门设于东南面，易于整栋房子接受阳光的照射，日照时间长，温暖明亮，而且古人有"紫气东来"等吉祥语，所以东南方向开门成为昆明地区"一颗印"式民居建筑的

大门与老人

大门最佳位置。门前的踏跺（石阶），大多为整石铺就，长的有3米多，而且多为一台、三台等单数。

大门门墩石除少数为整石外多为三层石，每层两块方石，中间对称直砌留缝，村民大多称为"将军石"，门墩石上砖柱稍有收分，通常多用30厘米×17厘米×6厘米左右的丝缝砖砌筑丝缝墙，并且多用一层平砖顺砌，与一层侧砖顺砌，上下错缝的方法砌筑，而且外口多挂老浆灰，用竹片"耕缝"后

开在倒座上的大门、踏步多为三台，门头上有八卦图案用于避邪

形成横平竖直、深浅一致极细的灰缝。大门上部的屋顶一般在倒座高的一半上稍高的位置上，多为硬山式。门墩内侧一般有左右两方形檐柱支撑，形成外门框，两柱间通常用透雕挂落，装饰多为吉祥图案。

内外门框之间形成的门墙多用木板壁作装饰

　　外门框与内门框之间形成的门墙中间，多用木板壁装饰，形成抱框墙，大门外框一般高2.2米～2.5米，宽1.5米～1.7米。大门宽1.3米～1.4米，高1.9米～2.2米之间，均为两扇木门，门槛下为方形门枕木，整个大门与倒座形成一个整体，协调、美观、实用，极具地方文化特色。

　　昆明地区"一颗印"式民居建筑大门，由于受汉文化的影响较深，更由于百姓深信风水文化，故有诸多忌讳，主要有大门不能正对道路，大门对面不能有其他人家的屋脊头对着等。这就形成斜门以避不吉，即门的方向与倒座不在一条直线上，而形成了一定的角度，即歪门。如果歪门还不行，则干脆在大门正前方修一座照壁，以避不吉。还有的在大门的顶上安放一支瓦猫或者石狮子，或者在门头画太极八卦图，或支一化铜罐以辟邪求吉利。还

为求风水形成的歪门与照壁

门头上栽种仙人掌以求避邪

门头上的瓦猫和八卦图

门头上为八卦图，门额上钉羊角

有的在大门头上栽种仙人掌，以求辟邪吉庆，还有的用一木瓢，绘成彩色兽头，将瓢把上竖，如獬豸的一支独角，以逢凶化吉。也有门头上画太极八卦图，同时又摆放瓦猫或者石狮子的。村里的老人们都说，以前新建住房，家家都有在门额上钉羊角的习俗，以示"三阳开泰"，六畜兴旺，子孙幸福。

3. 倒座（倒八尺）

昆明地区"一颗印"式民居建筑是传统的一种院落式住宅，而且基本为四合院，具有均衡、对称的特点，在建筑物中轴线上与正房相对，并用来开大门的房屋，即称为倒座，又因进深多为八尺，又称"倒八尺"。

一般来讲，进入昆明地区"一颗印"式民居建筑的大门，即进入了倒座，因为大门通常开在倒座正中，形成通道，两边房屋多为堆放杂物及关

"一颗印"民居倒座

养畜生的地方。倒座为两层，屋高比厢房稍矮，少数倒座与厢房交接处有楼梯可直接上去外，要进入倒座二层，大多数通过正房与厢房交接处的楼梯进入厢房二层后，再入倒座二层。我们通过对昆明地区近70栋"一颗印"式民居建筑的调查，发现倒八尺确实名副其实，有半数多的进深为2.65米~2.8米之间，符合八尺的尺寸。少数的超过3米，也有少于2.65米的，层高一层通常在2.3米左右，二层通常在1.9米左右。倒座屋面多为单坡顶，单坡向内，倒座屋顶比厢房屋顶矮，而且向外多为硬山顶式，从外看形成折线，非常协调，倒座与门面相生相连，是人们居住安全的第一道屏障大门的守护神，从而也形成防卫的第一道关，故"一颗印"式民居建筑多在倒座二层左右各开一很小的木窗，除了采光、通风好外，还有观察来人防御瞭望的作用。

从倒座的位置来讲，可以说是建筑外观的主要特征所在，均可通过倒座立面充分地表现出来。同时也是建筑的门面和主入口，但从屋高及位置朝向来看，首先倒座起通道作用，倒座房堆杂物、养牲畜，正对正房，一般来

人畜同居一院

讲，朝北阳光并不理想，所以变为主要的辅助用房，次要用房和通道。同样反映了建筑文化中的主次关系，功能运用及空间布局的科学性，人畜同居也反映了清末中国人口增多，可耕种土地减少，物产受限的现实，同时也反映了劳动生产力低，农耕传统文化占主流，以自产自给的小农经济社会的形态。尤其是土地与牲畜是人们的重要财产，六畜兴旺更是人们的一种向往，牛和马成为人们重要的生产、生活工具，同时也是衡量人们财富的重要标志，所以人们依靠牛马的同时，更给予其更高的待遇，形成了人和六畜同处一院的格局。这是当时居住在"一颗印"式民居建筑中的大多数昆明人的一种生活状态，一直延续到今天的老辈人，现还有部分家庭的倒座房仍保留了用马槽、牛槽作为倒座房空间隔断的格局。

4. 天井

天井又称院子，是合院式建筑围合后，上面没有遮盖物的空地。天井的作用是分割建筑空间，使四周建筑产生距离而方便采光、通风，并形成中心点，是雨水收集排放和人们活动、生活的重要公共空间。通常还是人们取水、栽花养草、洗衣洗菜及晾晒的重要场地。

通过对昆明地区"一颗印"式民居建筑的调查发现，天井作为建筑中重要的组成部分，其受重视程度，往往跟建筑的科学合理布局紧密相连，其建筑形制可以观天井而知。也就是说，只要知道天井的大小，反过来就可以计算出建筑的平面布局模式了。天井通常是方形的，四周有围合建筑物，但昆明地区"一颗印"式民居建筑的天井多为纵向长方形，并不是方方正正的，这和建筑结构构成有很大关系。通常来讲，整个建筑总面阔要小于建筑的总纵向长度，即正房的总面阔小于正房的总进深加厢房总面阔、倒座进深形成的长度。这种布局，建筑分配合理，方便使用，适用于山区和半山区及平坝建房。只有少量建房五间（仅见3例）的为横长竖短的天井布局。透过天井的布局实质也是整个建筑的布局。即"三间四耳倒八尺"、"一颗印"式民居建筑的平面多为长方形，那么天井也会是长方形。天井的平面布局和建筑的平面布局相一致。一般天井通常采用青石铺地，一般为40厘米×40厘米的方石铺就，少数有甬道。也有因种种原因采用尺寸各一、大小不同的条石铺地的，大者有2米多，小者仅20厘米。而且出现在同一院落内。天井同时也是整个院落的最低部分，通常低于厢房、倒座15厘米~30厘米，低于正房50厘米~90厘米之间。天井周边的阶条石均为青石，一般长1.5米左右，有的阶条石长度可达2.5米以上，可想见当时的建筑技术及采石、运输是如何的专业与不易。

中国是个传统的农业大国，土地是最重要的资源和财富，人们崇拜土地并认为地是方的，天是圆的，故在天井的建造中取方，在天井装饰中取方，天井除了以上功能外，还有收集排放雨水的功能，四周屋檐上的雨水，均排入天井，有"四水归堂"、"四水归一"的说法，可看出农耕文化时代人

天井中多有水井

们对水的重视。天井与倒座的交界处均设有排水沟排除雨水，有的排水孔用石雕成铜钱形式，另外，水井是老百姓生活中最重要的生活用水来源，所以多数建筑均在天井中挖水井，经调查，凡地质条件允许，能挖水井的"一颗印"式民居建筑，基本上都在院子天井内挖有水井，这对生活在建筑内的人们生活带来了极大的便利。水井内的水质较好，可直接饮用、做饭、喂牲口、洗衣、打扫卫生等，所见水井均有井栏，用青石制作，多为素面圆形。

　　天井除了建筑上的功能需要外，同时也是一种文化上的需要。天井作为一个建筑单元的中心，同时也是居住在这里的人们活动的一个中心，旧时一个家庭或一个家族选择居住在一起，家庭成员按照等级观念各自有相对独立的房间居住，人们除了正式礼仪外，相互交流更多的是在天井中劳动、生活过程中完成的。天井除了物质的实际需要外，对人们的交流和文化传播均有一定作用。

5. 厢房

厢房是与正房相交、且与正房垂直，分列正房左右并且对称的建筑，其台基高度低于正房二到三级台阶。一般低30厘米～45厘米。厢房层高两层，一层高一般为2.3米左右，二层高一般为1.9米左右，总高低于正房。这就决定了厢房是服务于正房，为正房配套的建筑，因一般正房是坐北朝南的，所以厢房大多为东西方向分列，称东厢房，西厢房。在厢房与正房的交接处分列两把楼梯，可直接上左右厢房和正房，厢房面阔多为两间，一般来说面阔在3米左右，进深较短，通常在2.6米～3.4米左右。在一、二层之间，有腰檐成廊，腰檐通常为吊厦式，厦不但可以形成廊，遮风避雨，而且在二楼形成存放物品的柜子，称厦柜，多存放杂物等物品。腰檐吊柱也叫垂柱，有拉撑

用来存放杂物的厦柜

"一颗印"民居腰厦

作用，垂柱头多雕成灯笼形，民间多称灯笼柱。底层槛墙上的窗多为支摘窗，多配五福捧寿等吉祥图案装饰，门多为板门。厢房顶多为内外长短不一的单坡顶，即长坡向内，短坡向外，从院子外看像一面高墙，这种高墙封闭的形式，保证了院内的安全和私密性。从建筑角度来说，厢房的梁、柱、枋等的用料均要小于正房，从建筑的装饰看，厢房的装饰构件，较正房要少，门窗的尺度和雕饰也较正房简洁。一层的槛窗多具有特色，二层的窗户多采用双交菱花隔扇窗或直棂窗等形式。建筑的布局决定了其用途，一般厢房一层多为厨房或晚辈居所，二层多堆放物品或晚辈居所。

云南地处高原，加之处南方，气候相对湿润多雨，"一颗印"式民居建筑均为两层，但人们为保护民居外檐的木装饰，也为了外观更有层次感，使院内各单元居住的人们在下雨时仍能自由在院内活动，而不被雨淋，所以厢房一、二层之间均有腰檐，也称腰厦，并且成为一个建筑的重要构件，从腰檐的装饰看，多为简洁实用型。

6. 正房

正房即在"一颗印"式民居建筑中居于中轴线上，左右为厢房，前为天井，正对倒座，建筑空间尺度最大、最高，出厦最长，朝向最好（一般只要地形地貌许可，正房都是坐北朝南，少数为坐西朝东）台基最高的建筑。从建筑形制来看，"一颗印"式民居建筑正房无疑是等级最高的房屋了，在封建社会的皇权思想中，有"无以壮丽而振国威"的思想观，帝王都是居高临下的，体现在建筑上，帝王宫殿的建筑形制等级最高，即台基高度，建筑尺度都是最大的，没有超过皇宫的建筑，从用材、体量、装修、装饰等等方面都有严格的规定，即等级制度，人们必须严格遵守。封建社会的等级观、主

正房二层

次观、尊卑观等思想同样反应在普通百姓的生活中，同样在建筑中也有所体现。

通过对近70栋昆明"一颗印"式民居建筑的调查统计可以发现，一般情况下，正房台基均为石质台基，阶条石为长方形，台基露出地面（天井以上）多为单数五层，高出天井50厘米～90厘米左右。高出厢房40厘米左右，从厢房到正房由两廊的三级台阶而上。正房一层高通常为2.7米左右，进深为5.6米左右，明间面阔为4米左右，次间面阔为3.5米左右。正房三间居多，也有少数体量大的，正房达到五间。正房建筑二层高2.2米左右，屋架为抬梁式，多为五架梁或双步梁，且基本无天花。二层正房多为供奉祖宗牌位所用，现还能发现少数较为完整的供台及供桌。二层的窗台上均设有石质或其他材料的香炉，用作烧香之用。正房腰檐即廊檐出檐较长，廊柱上的抱头梁与穿插枋等构件均有雕饰，多为龙虎的变形形式、或鹿等动物及花草图案，二层窗台下均为厦柜，用于储放生活用品，窗台多为石板铺就，少数为青砖铺就。正房使用的所有柱子，是整座建筑中所有木料中最粗最长的，直径

正房二层窗台设置的香炉

抱头梁、穿插枋上的雕饰

多为25厘米左右。柱础全部为石质，多鼓形，有乳丁及花草等装饰，整个建筑二层都是通连可以转通的，在正房与厢房相交的左右对称位置设置了两把楼梯，楼梯均为单跑，可上厢房与正房，即上下厢房与上下正房的楼梯是同一把。

　　一般来讲，建筑多选用单数取材，楼梯台阶数绝大多数为13级，这是一种定式，老百姓有踏单不踏双的说法，且多数"一颗印"式民居建筑只设两把楼梯在正房檐廊的两端。只有少数建筑在厢房与倒

"一颗印"式民居楼梯多为十三级

63

座交接处再设楼梯，使得一座建筑有四把楼梯。楼梯宽度多为1.1米左右，到厢房以及正房处均有一小平台，方便上下，且一般都为素面，没有任何雕饰。正房堂屋多用30厘米左右方形青砖铺地，也有长方形30厘米×14厘米左右青砖铺地的。

正房堂屋的青砖铺地多为方砖

7. 屋面

屋顶是建筑造型艺术中重要的组成部分，昆明地区"一颗印"式民居建筑屋顶形式可分为硬山式和悬山式，从其使用在建筑中的比例看，悬山顶稍多。两种屋顶造型形式有共性，都是一条正脊和两条垂脊，而且比较简单，都为前后两面坡。使用的瓦件均为普通的布瓦，又称青瓦，盖瓦方式都为阴阳和瓦顶，即下一层覆盖的瓦叫底瓦，底瓦又叫板瓦，外形为平板圆弧形，但两侧高于中心，前端稍狭于后端，其尺寸多为22厘米，大头宽24厘米，小头宽21厘米。另一种外形为半圆形状的瓦叫筒瓦，筒瓦尺寸多为长22厘米，宽13厘米，主要是用于盖在两块底瓦的缝上，也称盖瓦，在筒瓦线上檐端一块筒瓦要做出圆形的头，叫勾头瓦，勾头的圆形头上的如意头上常常刻出各种图案，内容有花草、动物等等纹饰用于装饰。

一般板瓦的搭接比例多采用"压七露三"的做法。其基本做法都是将微弯的板瓦凹面向上，顺着屋顶的坡放上去，上一块压下一块的十分之七，摆成一道沟。沟与沟并列，沟与沟之间的缝用半圆形的筒瓦凹面向下覆盖。下雨时，雨水会顺筒瓦落到沟里，顺沟流下，每一列成沟的瓦叫一陇。不同点在于，硬山式屋顶在山墙墙头处与山墙基本齐平，没有伸出部分，在屋顶与

"一颗印"式民居建筑的屋面

山墙交接处用青砖与瓦件连接，形成了一砖三瓦的做法。而悬山式屋顶在山墙头处不像硬山式屋顶那样与山墙齐平，而是伸出山墙之外，伸出部分的屋顶是由下面伸出的檩承托的，所以悬山式屋顶不仅有前后出檐，还有左右出檐，悬山也被称为"挑山"。

一般来讲，屋面的最主要功能是隔冷隔热，遮风避雨，保护建筑，利于排水。所用传统的建筑屋面多为斜屋面，这和气候及自然环境有很大关系，如西北地区有的地方采用平顶，是因为少雨，作为昆明地区地处低纬度高海拔的特殊位置，印度洋西南暖湿气流较易进入，所以地处西部每年仍有1000毫米以上降雨量，直接导致传统建筑的屋顶形式必须斜屋面。而"一颗印"式民居建筑的屋顶大多为正房是前后坡同长，而厢房和倒座多为向内长、向外短，甚至基本上可以算是单坡，形成了"一颗印"式民居建筑的一大特色。还有内檐即在天井中看到的均是重檐，即一、二层之间的腰檐全部相连，形成廊檐，以防雨水对建筑的侵蚀，更让人们在雨天能在院内自由活动而免挨雨淋，夏天还可以遮阳，起到冬暖夏凉的重要作用。

为保障光照及雨水畅排，传统建筑的屋顶是曲线的，其曲线在结构上几乎是简单和自然的，因为采光的问题，屋顶不可能出檐过远，否则建筑光照会受到很大影响，但出檐短且直的话，又会带来雨水顺势急流，檐下会发生雨水侵湿和溅水，影响建筑本身的问题。所以屋面并非一片直的斜坡，而是微曲的，即屋顶斜度越上越陡，越下越缓，曲线是由梁架逐层加高形成的，称"举架"。这就解决了光照和溅水问题，使雨水能排得更远，阳光也更加充足。

昆明地区"一颗印"式民居建筑是普通民居建筑，其屋顶上的瓦为青灰色，所以百姓也称青瓦，它是用泥土烧制而成的。据资料记载，封建社会等级森严，对瓦的使用也是有严格的规定的。只有上等官宅和衙门、寺院等建筑物才能使用筒瓦，普通百姓的民居建筑只能用板瓦，而不准用筒瓦。云南由于地处边疆，加之清后期政府的衰败，已无力追究建筑的形式和用材了，最后形成了百姓普通民居建筑都采用筒瓦顶的格局，从中也反映了社会制度变革的前奏。

8. 廊

廊是四合院式建筑内部相连的重要通道。同时廊也是室内与室外相连接的一个重要空间，廊的宽度往往决定了建筑的空间尺寸大小，反过来讲，从廊宽可以看建筑的规模。昆明地区"一颗印"式民居建筑的廊又被称作"游春"，即上有在一、二层建筑之间形成的腰厦避雨，下有高出天井的走道所形成的廊可在雨中自由来往各栋建筑而免受雨水侵扰，对人们的生活起居带来了较大的便利。而又起到对建筑的保护作用，使一层建筑外檐门窗、墙基免受雨水侵蚀。通常廊宽在90厘米左右，窄的也有60厘米，宽者可达一米以上。廊道一般铺30×30厘米的青砖，少有长方形的，腰厦作为建筑的构成部分，同时还是一个储藏的重要场所，用于储藏日常用品及衣物，方便了生活，是一个相当实用的建筑构件，同时也具有一定的装饰性。腰厦的梁枋穿出檐柱，并且由垂柱连接，形成较为稳定的结构，垂柱往往多做成灯笼式样，也有做成莲瓣纹的，具有一定的艺术性，也是人们尊崇佛教，信仰佛祖的文化心理在建筑艺术上的反映。

廊同时也是一个家庭相互沟通的重要场所，因同居一院的往往是中国式的传统大家庭，人们往往习惯于家族式的生活方式，人们共同劳动，共同生活，时间一长，往往会因为一些小事发生矛盾，家长可在人们生活的公共空间之一的廊里，行使一些传统职权，分配劳动所得，教育后代，调解家族或家庭内部矛盾，家族成员之间的相互了解，技能的培训等都可能通过此地完成其功能。农闲时候，家里的女人和男人们也会坐在廊下，享受阳光或静看雨水来临。不管怎样，廊作为建筑的一部分具有遮风挡雨，保护建筑的功能外，还有其文化功能，它能使人们增进了解，传递文化，同时也是一个休闲

"一颗印"式民居建筑的廊又称"游春"

场所。

廊作为"一颗印"式民居建筑的一个组成部分，其狭而长，上有腰厦遮顶，不做居所而为通行之用，除了人文环境外，跟昆明的自然环境也有一定关系，尤其是正房前的檐廊与正房的堂屋连成一体，同样成为家族生活交流的主要空间，同时对连接庭院、亲情交流，待客同样取得了特殊的建筑文化作用。

9. 门窗

门和窗是室内与室外重要的空间界定构件，门是居住的室内与室外的出入口，窗是室内与室外相互连接的重要通道，更是室内采光、通风的主要构

村落中的巷道

件，它们都是建筑中不可缺少的重要组成部分。门窗同时还具有防卫作用，是一种安全设施，掩上门窗，外人无法窥视室内，并且能保障居所的安全。门窗还有界定空间的作用，门窗内是内部空间，门窗外是外部空间，以门窗为连接点，内外空间清晰明了。传统意义上的门户是有一定区别的，门多指同一个门框内双开的两道门，而户是指一个门框只有一道门，即单开门。

　　昆明地区"一颗印"式民居建筑采用的是平面上展开的群体空间组织方式，即由单体建筑组成院落，由院落组成建筑群，建筑群组成街巷，而形成一个完整的村落。

　　昆明地区"一颗印"式民居建筑从建筑文化来讲，门窗的造型和数量是建筑等级、主人社会地位、身份及经济状况的直接反映，门窗在古代也是按一定礼仪制度、规范来设置的。同样透过门窗也可以从一个侧面反映当时的社会、经济和文化状况。从建筑的结构看，昆明地区"一颗印"式民居建筑由柱、梁、枋形成的木构架为主要承重结构，墙体主要起隔断、保暖、防风防雨等主要功能，承重变成了次要功能。但"一颗印"式民居建筑的整个外立面，窗开得小而少，尤其是正房、厢房的后檐墙多数没有窗户，一般多是在倒座左右的二层处各开一个小木窗，尺寸高70厘米、宽50厘米左右的。形式通常采用双开门的实木窗，外加直棂防护窗，棂条在窗框内竖向排列，犹如栅栏。有的在一半处做一横档的棂条，

"一颗印"式民居建筑的外窗小而少

使外层防盗窗上半段变成空的，而只有下半段有直棂条，形成双层窗。而建筑的大门内，即院内的门窗开得相对多且大，也更具艺术性。门窗不是直接固定在柱梁之间的，而是通过槛框构件，作为门窗的固定物。横的叫槛，又分上槛、下槛、风槛等，左右竖立的抱框紧靠着柱子站立。一般来讲，正房作为院落中最重要的建筑，其门窗的规格也相对要高些，如有的建筑体量大（五间四耳倒八尺），由于有五间正房，所以建筑正房明间多用六扇槅扇门，但多数用槅扇门装饰正房的，仅用于明间，即中间一间。并且多六抹槅扇门，槅心多为双交菱花图案，裙板、绦环板多雕花草及福、禄、寿、喜等图案。

　　一层正房更多的是简易的板门加木板壁隔断。二层正房通常多用六扇双

正房隔扇门为六抹槅扇门

交菱花的槅扇窗。厢房的门窗相对于正房要简单些，并且通常两厢房的门窗是对称相同的，一层的槛墙多为土墙，也有用木板壁的，槛窗多为支摘窗，也有用简易可拆卸的木板窗的。二层厢房多用双交菱花窗，也有用简易的直

棂窗的。倒座一层因是通道，故只有二层有窗，通常多为六扇双交菱花窗。

为防盗，昆明地区"一颗印"式民居建筑通常都在二层内檐安装直棂防盗栏，形成了窗、栏双层防护，这应是最早的防盗栏了，防盗窗子主

倒座二层上的窗

要是防止从屋顶来的盗贼。即便盗窃者爬到二楼，也无法破窗而入。从而保证了房主的生命财产安全，现仍有许多建筑的防盗栏保存完好。从门窗的装饰艺术、设计制作反映了人们的思想观和当时社会背景，说明清后期的昆明社会不稳定，匪患严重，百姓生活在动荡的社会中，各种社会矛盾交织，以致人心不稳。所以老百姓在建房时采取了加防盗栏的措施，并且是家家都有，形成了一种必备的防范措施，形成了外围开小窗，甚至不开窗内部装防盗栏的门窗装修现象。防盗窗有直接在檐檩上开榫口安装，也有加框直接安装的，一般无艺术雕饰，多为直棂条式的防盗栏。

二层窗外的直棂防盗栏

檐口枋上安装防盗栏的榫口

四、昆明地区『一颗印』式民居建筑与传统家庭

　　"一颗印"式民居建筑由间组成栋，由栋组成院，由院组成组，由组组成群，由群组成村镇，从而形成了一个完整的社会生活单位村镇。很简单由一间一间的房屋形成了一栋房屋，由三栋或四栋房屋形成三合院或四合院落，又由两个或多个院落形成一组建筑，而"一颗印"式民居建筑的一组，即一组"一颗印"式民居建筑是由固定的两个三个院落横向排列形成的，这种联成一体的院落在二层楼梯口都有门相通，即这一院正房的山墙与那一院正房的山墙，厢房的檐墙与厢房的檐墙是共用相连的，并且住房的主人都是兄弟关系。这些单独的院落或联排的院落组成了大小不一的村落式村镇，甚至城镇。

　　每一个院落都包含着一个小的家族社会，甚至大到一个村落都可能是一个大家族。每间房屋可能生活着一个小家庭，每栋院子可能都生活着一个小家族，而每个村落，都会生活着一个大的家族。村上的长者、族长是整个家族中最有权威的人，大到祭祀活动的主导，为新婚夫妇证婚，处理家族内部事务与对外关系，甚至家庭矛盾的调解，家庭与家庭矛盾的解决，重大节庆等活动的主持。而作为一个大家族中的家庭，通常都住在一个院内，同样有家庭中的长者，同样是家庭中的一家之长，有威望，是家庭对外关系的决定者，同样也是处理家庭事务、调和家庭矛盾的家长。中国传统文化讲尊老、敬老、更看重老人能够传递下来的生产生活经验和社会经验，这其实也就是文化的传承。

　　在昆明地区"一颗印"式民居建筑中，最受重视的就是正房内的堂屋了。堂屋是整个建筑对外的主要场所，是接待客人的重要场地，也是家庭内的主要公共活动空间。同样没有彩绘，仅施有油漆。堂屋内门窗只是以棉纸糊下窗格，极少见使用玻璃者，可见当时的建筑材料多选用天然材，有一种朴素之美与自然之美。从堂屋的布置可看出，老昆明人是极重礼貌、极讲礼法的。所以老昆明人的家庭，对传统文化中礼教、礼法是极其讲究的，从形式上看，上至父母、祖父母、叔伯婶母、兄弟姐妹，甚至妯娌等，都能同在一个屋檐下共同生活，彼此相处、相敬，并且各自能履行自己的家庭责任，同时能认识自己在家庭中的地位，身份，做到晚辈对长辈尊重，长辈对晚辈关心，同辈之间也能互相推崇、互相尊崇，在一言一行上都能遵守规矩而循

正房堂屋

礼法。小辈见长辈，都要早安问候，同辈相见必称尊称。尤其过年过节，或家有喜事，家中尊长必备香烛，而拜天地、拜家神、拜祖先，其余家庭成员也会随尊长一起拜贺。这是传统家庭生活方式的体现。

1. 长辈住所

传统文化中对长辈的遵从可以从方方面面来体现，如坐席、用具都是有专用的。住所的结构、位置、方位更是能看出传统文化中，后辈对长辈、老者的尊敬之意。所以长辈一般都居于阳光充足、房间宽大、出入便利、安全的正房中，以承中国传统文化中为上，上为大的思想观。前面介绍过，作为昆明地区"一颗印"式民居建筑的正房是在建筑轴线的中心位置，更是合院式建筑的最高位置，反映了"居中"为首的文化观念，这些直接体现在我们对昆明沙朗、厂口、团结等乡镇的头村、桃园、禹都甸等村中现有老建筑"一颗印"式民居建筑的居住状况进行调查中，得出的一个规律，即长辈、老人、家长的住房都是院落中的"居中"之处，他们一般都在正房中居住，并且掌握着家庭中的大小事项，主导着家庭的文化传统甚至经济大权。他们不但居住在院落的中心，他们也是家庭文化的中心、家庭经济的中心。晚辈的文化传承，农业生产技能、生活技能，甚至道德的规范，都是靠长辈言传身教的，所以一旦长辈失去劳动能力，晚辈也会自愿地履行好赡养老人的责任和义务。更多的责任就落在年长的晚辈中的长子身上。如我们在沙朗乡的头村调查了至今保留完好的六院典型的至今仍在使用居住的"一颗印"式民居建筑，通过走访调查统计，发现六院建筑中有五院建筑都是三代同堂，仅一户人家为两代同堂。沙朗头村位于昆明市的西北郊，昆明至富民的公路从村前穿过，交通较为便利，但因地处山区，村民主要还是以农业生产为主，主要种植水稻、玉米、蔬菜等农作物，外出务工和交通运输成为村民主要的副业。头村是沙朗乡龙庆村委会较大的一个白族聚居村，村民大多以张、杨、李姓为主，据调查，村民大多为元、明时期随军队由大理迁移到此居住的，深受汉文化影响，体现在建筑上虽然承袭了汉族"一颗印"式民居建筑文化，但整个村落至今还保留着白族语言及风俗习惯，村民之间的交流都用白族话，与其他民族交流基本都能讲一口流利的汉语。在老房子中，祖孙三代人同居，老辈都是住在正房的，并且多居正房一楼，少数有居二层的。

2. 晚辈住所

晚辈一般通指现有家庭成员中的第二代，第三代甚至第四代。晚辈是家庭成员中最有活力、并且承担主要责任的家庭成员。如果以祖、父、孙三代同居一堂来说，父辈的责任最大，要上养老，下养小，是上下的主要传承者，是家庭的主要成员之一，他们多居住在厢房的楼上，它不是"一颗印"式民居建筑的中心，但却是重要的中心组成部分。从建筑的体量上来说，厢房的面阔、进深、层高、朝向都不如正房，但其却反映出家庭传统的文化观、道德观。房屋中的每个人，都清楚自己在家庭关系中的地位和位置，这就是导致自己的言行如何和自己所在家庭成员的地位相一致的文化观。包括自己应居于家庭中的那个房间，才能与之地位相适应。所以晚辈们一般都会将自己置于厢房中来居住。只有晚辈结婚时，长辈才会将晚辈的新房安排在正房，以视其家庭对晚辈的关怀，一般住到第一个孩子降生后，即按传统搬到厢房居住，这反映了中国文化中自然而稳定的亲情，家庭观念的重要，反映在居住生活中就形成了以家庭为单位的对外封闭的合院格局，形成了有主有次、主次分明、上下有别的家庭关系。从中我们也可看到，在中国传统文化中，小到平民百姓、大到官府人家，大都以这种合院式格局的居住形式为基础，形成了传统的固有居住模式，主次分明、次序井然的择中思想，并以此为维系社会关系、家族关系、家庭关系的共同基础。在居住形式上看官府人家与百姓人家并无其他本质区别，仅体现在建筑的规模、用料、装饰和精美程度上了。

作为家庭关系通常在合院中可以完整地反映出来，但如果一个合院规模不足以满足一个大家庭的生活生产需要，就需要扩大规模，一般会向左右扩展，形成横向的三连院式并排建筑，建筑的梁架结构、墙体结构互连，并在两院建筑的交接处共用，这样做可达到节约土地，节约材料，减少建筑成本的作用，又能达到家庭关系的紧密联系。在两院建筑中，正房的二层楼多开有门可相互串通，这样既方便家庭之间的联系，又便于防盗、防匪，处置紧急事件，是合院式建筑较为合理的组合形式，在当时的社会结构、社会经济状况下，都是具有积极向上作用的。通过对昆明"一颗印"式民居建筑的居住文化调查，可以看出其建筑虽小，其中固有的传统文化信息量之大，是我们意想不到的，更有其民俗文化、民族文化、宗教文化在建筑中的具体反映，也有居住者的言行所表现出的对传统文化的继承，这其中有积极的、优秀的传统文化，当然也有落后的甚至消极的传统文化。总之，建筑文化中的住所文化是传统文化的重要组成部分，它反映了社会、经济、文化领域的发展成果。

3. 祖宗牌位

祭祖是传统文化中较重要的一种文化现象，其主要是为纪念先辈、并祈求祖上在极乐世界中能圆满的生活，并且能祈福后人，保佑其平安吉祥。祭祖仪式通常由长辈主持，全家老小都要参与祭祖活动，通常在祖先的祭日、春节、清明等重要节日都要进行祭祖活动。并且都要安排一定的形式来祭祀自己的祖先。

昆明地区"一颗印"式民居建筑中的祖宗牌位一般安放在正房二层中间，一般放置供桌摆放祖宗牌位，也有建筑房屋时就将供台直接做在正房二层中间的，并且多装饰精美，图案也有追思先辈、启迪保佑后人之意。供台或供桌上除了摆放祖宗牌位外，供台供桌前多摆放着供器，多为香炉、烛台、花瓶、供果盘等，其香火不断、供果常鲜，反映出中国人对先辈、祭祀文化的重视和信仰观、轮回说的宗教思想观。通过调查我们发现，多数建筑中有的部分因生活的需要，主人对部分建筑构件进行了适于现实生活的改

祖宗牌位多在正房二层中摆放

动，甚至更换，但对供台、供桌都十分重视其固有的样式，多数未做改动，依然保持原有的模样。

在对头村一村民家中的祖宗牌位进行调查时，村民说："我们的老祖是做县官的，这是我们家族的保护神，能保佑我们平安幸福，我们祭祀祖宗，是不忘祖辈给我们的平安和幸福生活，更能让我们的家族人丁兴旺，后人发达。所以我们家的供台一直香火不断，供果常鲜，原来一直是我老母亲在上香，近年因为年纪大了，我就一直负责燃香祭祖。每到重大节日，我家必先祭祖先，并由我母亲祷告后方才在一起吃饭。我们村基本上家家都如此。"由此可见，百姓对祭祖活动的重视，不光是一个形式，更多的表现在行动上，如家庭关系，家族关系的维系，对于共同的祖先的认同，起到了极大的作用。人们相信祭祖对每一个家庭，甚至每一个家庭成员，皆有追忆先人，教育后代的作用，更能让先人保佑后人，辟邪消灾，身心安详，家族兴旺，夫妻和睦，吉祥平安的作用。

五、昆明地区『一颗印』式民居建筑中的装饰艺术

1. 石雕艺术

传统的昆明地区"一颗印"式民居建筑虽为土木结构，但许多地方却是用石料来做建筑材料的。在中国古代建筑中，石料很早就应用于建筑中了，在唐宋时期，石作技术已经发展得相当成熟了，如公元1103年，李诫编著的《营造法式》一书中，对石作制度就有比较详明的规定。清雍正十二年（公元1734年）刊行的《工程做法则例》，在石作中也制定了一整套比较成熟的技术规范。如做糙、錾斧、扁光、剔凿花活、对缝安砌、灌浆等各种施工程序，成为一项技术性很强的专门行业。"一颗印"式民居建筑的用石部分，是通过工匠在建造房屋时，根据建筑物的功能及所处位置决定的，石料一般安放在最需要的部位，使用目的非常明确，如用在容易磨损或磕碰的部位，防水的台基，地面等部位，像踏跺石、阶条石、槛垫石、角柱石、土衬石、陡板石、柱顶石等均为石料。昆明地区的"一颗印"式民居建筑多使用青白石，色青带灰白色。同时也有用红砂石打制的，主要是便于雕饰。作为石质构件，多用于基础、台基、地面、柱顶石、大门的门墩石、二楼的窗槅板等部位。

作为石雕艺术的构件，首先应从大门的门墩石说起，大门是建筑的脸面，所以昆明地区"一颗印"式民居建筑的大门门墩底座基本都是用石料做的，美观而实用，门墩石多为三层，每层由两块或三块方石砌筑，石面打磨规整，多为

斜纹面门墩石

斜纹面甚至素面，少数有雕饰，如厂口乡庄子的一户人家的"一颗印"式民居，大门门墩的左右门墩石为整石，均雕有一个圆形的"寿"字，称团寿，寿字外有一个正方形的四角半圆边框，意为家有福寿。团寿又称圆寿，寿字代表了人们对长寿的追求，《诗经·小雅·天保》中有"如南山之寿"的说法，每逢过生日时，人们多用寿字装饰堂屋，以祝福老人健康长寿。随着时间的推移，人们把寿字转化为吉祥图案，并广泛用于建筑中的艺术制作。

在沙朗乡同样看到一户保存完好的"一颗印"式民居建筑大门门墩石为整石，左边雕有一对鸳鸯在莲叶间嬉戏，按中国文化传统，该图案应称为"鸳鸯同心"。图案外围一正方形的四角半圆边框，鸳鸯同心故事取自战国时期宋国人韩凭与其妻何氏的故事。寓意用藕心相通，比喻夫妻之间同心同德、相亲相爱、和睦相敬、白头到老。鸳鸯中雄的为鸳，雌的为鸯，在我国

用整石雕的团寿纹门墩石

雕饰"鸳鸯同心"纹的门墩石

古代，建筑、家具，以及妇女的刺绣作品中该图案被广泛应用，惜该门墩石部分风化损坏。右边门墩石与左边一样，同为整石并且相对称，但图案却为两只凤凰和牡丹花组成，成凤戏牡丹图。凤，是传说中的神鸟，凤凰起源于原始社会的图腾崇拜，《山海经》中称凤凰为："是鸟也，自饮自食，自歌自舞，见则天下安宁"。关于凤凰的形状，古人称其："鸡头，燕颔、蛇颈、龟背、五彩色、高六尺许"。凤纹更是早期的装饰纹样之一，青铜器、瓷器、首饰等物品上的装饰图案均有凤纹。并被广泛的应用于建筑装饰当中，意为天下太平、风调雨顺、国泰民安等。该凤戏牡丹图案同样为一正方形的四角半圆边框所围，可惜下半部分有一定损坏。凤凰和鸳鸯一样，同样分雌雄，雄为凤，雌为凰，后俗称凤凰。

说到凤凰，在沙朗有一佛教寺院——凤凰寺，其大雄宝殿为清光绪年建筑，至今保存完好，其大殿梁、枋、挂落等木雕艺术多凤凰形象，有龙凤戏珠，双凤朝阳等图案，雕刻精美，堪称清末时的建筑雕饰艺术的样板，具有

雕饰"凤戏牡丹"纹的门墩石

较高的艺术性。由此可见，百姓对天下太平的向往和追求。

　　同样在沙朗的一所"一颗印"式民居建筑的大门门墩石上，雕有精美的八骏图。该门墩石为砂石，是"一颗印"式建筑少有的须弥座式门墩石，在左右门墩束腰部位雕刻有四幅骏马图，两正面均为一匹马，门墩内左右各雕三匹马，共计八匹神态各异的骏马。马的图案四周为半圆边框所围，上下为莲花图案，八匹马合起来称八骏图，是深受人们喜爱的吉祥图案之一。八骏传说是为周穆王驾车的八匹骏马，经常出现在中国传统绘画中，在建筑装饰中同样常用，其木雕、砖雕、石雕中也很常见。在传统文化中，优秀的人才常被称之

凤凰寺大雄宝殿

凤凰寺大雄宝殿上的凤凰雕饰

为"骏杰"，八骏图寓指人才，又有"马到成功"之意。同时马作为古人常称的"六畜之一"，是农业生产中重要的劳动工具和交通工具，同时也是一种财富的象征，深受群众的喜爱。此八骏图雕饰基本保存完好，仅上下莲花座有部分损坏，具有较高的艺术价值。同时也反映了清末时工匠的手工技艺与房主人的精神寄托。

门墩石作为门面的重要构件，除了有图案花纹的外，更多

门墩石上的"八骏"图

是斜纹状的和麻面纹，甚至全素面的，和建筑仍极为协调，显得庄重而美观大方。斜面纹的纹理规整，深浅适中，同样具有一定的艺术性和象征意义。麻面纹饰分布均匀，工艺同样精细。素面虽无任何图案，但却可看出其加工的精细与古人对文化，对建筑门面的理解。

　　柱础是昆明地区"一颗印"式民居建筑中除了门墩石外，有雕刻工艺的石质构件了。家家户户哪怕大门门墩石为素面，柱础一定也是有雕刻图案的，哪怕是简单的纹饰，极少见光面素柱础。经调查比对发现，清代后期建筑正房柱础基本做成鼓式，且有图案，厢房及倒座多方形素面柱础。鼓形柱础一般高30厘米左右，最宽处直径为40厘米左右，图案大多为上下各三排（少数为一排）的均衡对称乳钉纹饰，中间鼓出部分多饰对称宝相花悬环、缠枝莲花、缠枝牡丹、花草等纹饰。上下回纹，中为缠枝花草纹的也多见。鼓形瓜楞柱础也为常见雕饰方法之一，上部多为缠枝花草纹饰，且配有如

上下对称乳钉纹，中间对称宝相花悬环纹柱础

上下对称乳钉纹，中间饰缠枝莲花纹柱础

上下对称乳钉纹，中间饰缠枝牡丹纹柱础

上下对称回纹，中间饰缠枝花草纹柱础

上下缠枝花草纹，中为瓜楞形配如意纹柱础

上下乳钉纹，中间对称悬环纹柱础

民国时期莲花底座花瓶式柱础

意纹，但最常见的仍为上下乳钉纹，中间对称悬环纹，而且基本上所有图案多为阳刻。笔者仅发现一例柱础上刻有"民国贰十七年造"、"戊寅年修造 主人享年四十"字样的柱础较高，且有莲花底座，中为鼓形，饰有如意纹，基本形状为花瓶式。该房屋为1938年主人40岁时建，其柱础式样较为特殊，与清代相比有所不同，具有民国时期典型特征。

柱础是建筑所用木柱下垫的石墩，其主要作用是承载与传递上部的荷载，并防止地面湿气对木柱的浸蚀。通过调查发现，清代柱础多鼓形，多乳钉纹配对称兽面悬环纹，几何纹、花草纹和瓜楞纹饰，少见动物纹饰。其雕刻多为阳刻，只有少数为阴刻，且线条浅，其艺术水平一般。柱础式样、图案的变化，可看出建筑也会因时间的变化产生相应的变化，并且反映了人们对审美、使用功能的理解也在发生变化，可以说是时代改变了人，人又改变了建筑的艺术形式。

作为石雕构件，还有下水口，通常也会有雕饰，如做成铜钱形状，或者银锭形状，表明农业社会人们将水作为一种财富来关注，更体现了水在人们生活、生产活动中重要作用。

铜钱形排水口

2. 木雕艺术

建筑木雕艺术是建筑文化的重要组成部分，人们的思维方式、思想观念、生活习俗、文化生态背景、价值观念、生活方式、宗教信仰、审美意识，都在建筑的木雕艺术中有所表现。也是传统文化观念和民族心理的物化形式。同时也成为体现民族文化心理和审美格调的重要手段之一。

据考古资料显示，中国木雕在史前就已经出现，距今6000多年前的浙江余姚河姆渡文化遗址中，就出土过木雕器物。随着时代的变迁，传统建筑的木雕也随着社会的发展和政治、经济、宗教信仰、文化及风俗等因素的影响，而不断发展变化。传统建筑木雕在明清时达到了其艺术顶峰。昆明地区

"一颗印"式民居建筑木雕一般分为大木雕刻和小木雕刻两类，大木雕刻主要指梁、枋等构件上的雕刻，小木雕刻主要是门窗、包括家具的雕刻。由于各木构件位置、功能形状的差异，导致雕刻手法与题材内容也有所不同。一般来说，根据不同部位的形制和功能，都有较常见的雕刻内容和方法。宋人李诚在《营造法式》中按雕刻技术的不同，把木雕分为五种：混雕、线雕、隐雕、剔雕和透雕。混雕即圆雕，是一种完全立体的雕刻，一般无背景，题材多取人物、动物等。线雕即线刻技术，接近于白描，一般少见。隐雕与剔雕相似，都属于浮雕，强调起伏感和层次感。透雕也称镂空雕，是将纹饰图案以外的去掉，塑造出空间穿透效果的雕刻手法。这些不同雕刻效果的产生，除了雕刻的手法不同外，也还须用不同的雕刻工具来完成艺术创造。木雕工具的完善，也是随着木雕艺术的发展而逐步完成的，由艺人们创造了各种规格的工具和辅助工具，因用途不同，形状名称也不同，如斜凿、平凿、圆凿、三角凿、正口凿、反口凿、雕刀等。通过使用这些工具来完成的传统木雕工作，有严格的工艺流程。一是取材，由于受建筑结构上的制约，决定了建筑构件的雕刻风格和形式，这要由经验丰富的师傅根据建筑用料进行选择。昆明周边民居建房由于经济原因，一般选松木。木材选好后，工匠先要对木材进行脱水处理，再进行粗雕、细雕、修光等加工。进行雕刻时，先要放样、打轮廓线，随后进行脱地、分层次、分块面，最后才进行细部雕刻等，雕刻完成后，还要上色或上漆。整个工艺过程需要十几道工序才能完成。建筑木雕对工匠的整个技术能力、工艺能力、构图能力及表现能力都是个极大的考验。

昆明地区"一颗印"式民居建筑木雕的题材和纹饰包罗万象，但大都以吉祥图案、花草树木、飞禽走兽等来借用隐喻、比拟、谐音等手法寄托人们对现实生活的避邪、祈福的愿望。表达了先人对美的认知和感悟，和人们的思想观。同时也反映了人们生产生活状态，具有较高的艺术价值和审美价值。这些图案所表达的主题思想都与中国传统文化密切相关，其题材反映了历史故事，神话传说，借以弘扬人伦道德，儒家之礼。功名利禄、延年益寿、多子多福、财源广进是人们对生活的向往，农耕、渔樵反映了人们的生活场景，山水纹、几何纹、博古纹、花鸟动物纹、花草树木、福禄寿喜等纹

动物、花草、几何纹雕饰

饰，每一种形象都有固定的造型与搭配形式。通过观看其木雕艺术，我们仿佛能看到古时的生态环境，人文精神，文化表现形式，风俗习惯和伟大的民族精神及中华艺术。

昆明地区"一颗印"式民居建筑的木雕，一般来说常见的有大门门头雕饰，梁头雕饰，檐枋雕饰、门窗雕饰四大类。其图案都是以几何纹、花草纹、花鸟动物纹，吉祥送福纹等为主。在沙朗我们发现，门头挂落上中间雕有凤凰、左边为寿星、送子娘娘，右边有书生、渔夫等人物，下为花草纹，额枋两边为兽头纹，上有寿字，三块垫板上雕有荷花纹。反映了主人祈求家族太平，延年益寿，多子多福，后世昌盛，人才辈出的思想价值观，及渔樵耕读的生活的美好愿望。整个挂落采用了透雕工艺，人物刻画造型生动逼真，雕刻技艺高超，其品相基本完好。反映了清末工匠的高超艺术水平。是一件难得的清代建筑雕刻艺术品。其三块垫板上的图案，中间图案为本

大门挂落、额枋雕饰

垫板上的"固本枝荣"雕饰

固枝荣图，两边为莲花纹，本固枝荣图案用出水荷叶和莲花组成，寓意根基牢固，事业旺盛。

据房东介绍，虽说建筑经历百年，但其家族也对其建筑的保护做了很多事，意为这是祖业，儿孙可享其福，所以每年都会对老建筑进行清扫和简单的维修，为的是保祖业，传承祖辈的文化，教育后人。

作为建筑的门面，有的也仅有挂落装饰而无雕饰。更多的是挂落上雕花草纹饰的简单图案，其图案多为缠枝莲花、牡丹花、双凤朝阳、凤戏牡丹、双龙戏珠等吉祥富贵图。

龙，本是中华文化传说中的一种神异动物，其有至高无上的力量，是皇权的象征，也是中华民族的吉祥物。人们崇拜龙，认为龙是一种神兽，所以龙的形象在古代被雕刻在各种器物上。建筑物上用龙装饰，按规定一般只能在皇家建筑上使用，但清末由于国家由盛转衰，虽有建筑制式、等级规定，但已无力应对和管理龙的形象在建筑中的使用了，同样龙的形象出现在民居

门头上"双凤朝阳"雕饰

大门挂落雕饰的"二龙戏珠"

大门挂落雕饰的"凤戏牡丹"

建筑大门的额枋上，雕有二龙戏"寿"纹饰，中间的寿字为繁体楷书字，两边各有莲花和龙。在昆明地区"一颗印"式民居建筑中，二龙戏寿图案被普遍采用。有的雕在大门上，有的雕在随梁枋上。如在沙朗乡，我们发现一户人家的大门上有二龙戏寿的图案，中间的寿字为团寿，左右两边各有一条龙。这一吉祥图案喜庆大方，常见雕于枋上，二龙戏寿图案是二龙戏珠图案的演化，其图案的出现，表明人们对长寿的美好追求和对平安、如意的祈望，寓意长寿、平安、吉祥如意。

门是建筑的重要组成部分，主要作用为出入口，有防卫作用，同时也起界定空间的作用。门也被称作"门面"或"门脸"，说明人们对门的关注和看重。一般来说，昆明地区"一颗印"式民居建筑的大门取材坚固，用料较厚，门基本上都是板门，而不做槅扇门，门板为实木板而不通透，只有这样才能起到更好的遮挡与防卫功能，所以大门门板都

裙板为如意纹的槅扇门

为素面，而无雕饰。院内的房门一般都为板门，仅有少数的建筑内正房的明间采用六扇槅扇门。其通常安放在"一颗印"式民居建筑中的槅扇门一般为六抹，其两边立有边挺，边挺之间横安抹头，抹头将整个槅扇分为上中下三段。上为槅心，中为绦环板，下为裙板。如沙朗一户人家中，正房明间为六扇槅扇门，至今保存完好，其槅心用棂条拼成斜方格，形成双交菱花图案，斜交的棂条成90°角，与边框形成45°角。裙板雕有如意纹饰，寓意吉祥如意，六六顺意之意。还有在裙板上雕五福捧寿、花鸟、荷花等图案的。

　　五福捧寿槅扇门多安于正房，调查中发现两户人家槅扇门裙板均为五福捧寿图，其中一户贴金彩门，为六扇六抹门，其槅心均为双交菱花纹，绦环板均为花草、几何纹样。五福捧寿图为五只蝙蝠围着"寿"字，是清代较为流行的一个吉祥图案，广泛用于建筑的雕饰中，上至皇家建筑，园林建筑，下到普通百姓家均多见。"蝠"与"福"谐音，取五只蝙蝠与"五福"同音，意为福寿康宁，多福多寿之意。在另一家的"五福捧寿"槅扇门的绦

"五福捧寿"纹槅扇门

环板上，雕有壶、鹿、鸡、葫芦、瓶等，壶、鹿意为福禄，公鸡的"公"与"功"同音，"鸣"与"名"同音，有功名富贵之意，"瓶"与"平"同音，意为平安富贵。所雕图案均为吉祥之形。

作为槅扇门雕饰，"一颗印"式民居建筑槅心更多的为双交菱花槅心，其裙板、绦环板多为素面的，这和当时的社会生活状况是相适应的，很多建房者更多的是因为经济上的原因，致使多数槅扇门绦环板、裙板无任何雕饰。

窗子是建筑内部与外界过渡的重要构件，是建筑中的一个重要组成部分，从最初人们建房凿个小洞到后期出现不同性质和不同形式的木窗，从最初的通风采光作用发展到防盗、装饰作用，其经历了漫长的发展过程。从调查多栋"一颗印"式民居建筑可看出，一般来说，外墙仅在其倒座二层左右各开一小窗，即大门上方左右对称开，窗的形式为两扇内开实木窗，窗框靠外安有棂条，且棂条不顶头，犹如栅栏，具有装饰防盗作用。有的棂条为S形，多5条直棂，少数为3条，7条，单数居多。仅有民国二十七年（1938

裙板、绦环板为素面的槅扇门

三条直棂木窗

五条直棂木窗

七条S形棂木窗

年）所建的房屋小窗用砖砌有窗套，清代建筑没有发现。由此可见，昆明地区"一颗印"式民居建筑外向基本是封闭的墙体。其外向封闭和当时的社会状况及人们的文化心理是相适应的。那么窗户的采光、通风功能就只有依靠院内的窗户，即内向的窗户来实现，所以天井就成了人们采光、通风的一个极为重要的通道。

在院内二层正房、厢房、倒座均开窗，且多为双交菱花槅扇窗，步步锦槅扇窗，少数为木板窗，来满足采光通风的需要，其二层均设窗台，外多为直棂防盗栏，围护着整个内院二层窗台，利于防盗、防匪。一层左右厢房均多为支摘窗，图案多为五福捧寿、福禄寿禧、步步锦、一马三箭等图案，无雕刻的木板窗少见。其中五福捧寿窗最常见，其文化意义是百姓对美好生活的向往和意愿的表现形式之一，其雕刻工艺多为透雕工艺，工匠手法娴熟，但手法过于程式化，寿字有长"寿"和团"寿"，福、禄、禧字多为书法形式，棂条间有梅花、荷花、佛手、石榴等装饰，寓意多子多福的生活。

民国时建的"一颗印"式民居小窗

"福、禄、禧"纹饰窗

"一颗印"式民居建筑的支摘窗是一种可以支起、摘下的窗子，多安于"一颗印"式民居建筑的一层厢房上，分上下两段，上段可以推出支起，下段可以摘下，多数为横置，且上下段比例通常为三比一。常见的步步锦窗是由长短不一的横、竖棂条按照一定规律组合排列成的一种窗格图案，棂条之间还会形成工字，雕成梅花或短的棂条连接、支撑。步步锦图案优美实用，采光通风好，又有"步步高升，前程似锦"之美好寓意，深受一般老

"五福捧寿"、"禄"字装饰窗

"步步锦"纹支摘窗

"一马三箭"纹装饰窗

百姓喜爱，从而被广泛使用。直棂窗也是较常用的一种窗户形式，"一颗印"式民居建筑也常用，其采光、通风效果也较好。"一马三箭"窗是直棂窗的一种，即在竖向直棂条的上中下部位再垂直安上横向棂条，形成一马三箭图案。有的在中间做成回纹变形形式，极具艺术性和观赏价值。

梁枋、挂落、垂柱等都是雕刻的主要木构件，梁多雕于抱头梁，常见图案多龙头、兽头装饰，穿插枋多雕变形凤纹雕饰，随梁枋则为透雕花草、鸟兽、几何纹饰。有的抱头梁雕狮虎头饰，穿插枋雕象头、象头上雕有花草纹饰。双凤朝阳、双龙戏珠、多子多福（雕石榴）、鹿（禄）、松树、荷花、瓶（平安）、壶（福）、寿字、狮子滚绣球等都是"一颗印"式民居建筑雕刻的主要内容，都是吉祥、寄托图案。表明主人在建房时，祈求吉祥图案能给主人带来太平安详、避邪、富贵、平安、吉星高照、人丁兴旺、福寿双

垂柱上的斜撑雕狮子滚绣球纹饰

梁枋上的龙纹雕饰

梁枋上的动物、花草雕饰

梁枋上的龙、花草雕饰

全、延年益寿、招财进宝等对未来生活的希望与向往。

雕饰既是建筑构件，又是艺术品，更是人民精神需求与理想物化表现的重要形式。木雕艺术反映的不仅是建筑的结构、建筑的形式、建筑的空间、建筑的技术、建筑的历史、同时也反映了昆明地区居民的生活状态和民风民俗，宗教信仰，审美心理，以及昆明地区自然环境和人文环境。

昆明地区"一颗印"式民居建筑木雕艺术在地方建筑发展史上，扮演了重要的角色，其在昆明建筑史上的位置是无可替代的，给其增添了光彩，更给后人留下了视觉的无限享受与欣赏空间，透过先人给我们留下的丰富多彩的木雕形式和题材，以及其巧妙的结构和精美的雕琢，传播了丰富的文化内涵与艺术价值，更为我们的民族精神、文化传承增添了丰富的实物例证。

3. 瓦当艺术

昆明地区"一颗印"式民居建筑的瓦当图案多为花草纹，几何纹，动物纹、汉字纹、回纹等。瓦当是屋面上覆盖瓦缝的筒瓦其最下面一块圆形的端头装饰，也称"勾头"。据考古调查资料显示，瓦当早在西周晚期就出现了，到秦汉时已很常见。到隋唐时期，其纹饰图案已较为丰富。明清时，瓦当艺术继承了前人的多数图案，但也随着时代的发展演变了许多新的图案，作为各地建筑中瓦当图案又具有一定的地域特色。

昆明地区由于受中原汉文化影响，并且佛教的传播较为广泛，瓦当用莲花纹加外圈宝珠纹、团寿纹加回纹、花草加外圈回纹、花草加外圈宝珠纹、和平鸽纹、鹤加外圈回纹等较为常见，几乎每院建筑都有多种图案的瓦当。只是有的纹饰突起较多，有的低平，如同样的莲瓣纹有的饱满，有的细长。

瓦当的出现其主要功能是保护屋檐，但同时对屋檐和其整个建筑起到了美化作用，变成艺术化的建筑构件，其图案反映了人们对未来的向往与期待，是物化了的思想反映，是具象与抽象了的世界观、价值观的缩影，是人民生活习俗、宗教信仰、审美情趣的一种物化形式。其形制各一，极具生动，是制瓦工匠留给后人的艺术品和精神财富。昆明地区"一颗印"式民居

莲花纹加外圈宝珠纹瓦当

团寿纹加外圈回纹瓦当

花草纹加外圈回纹瓦当

仙鹤纹加外圈回纹瓦当

和平鸽衔橄榄枝纹瓦当

建筑的瓦当图案丰富，做工规整，具有较浓的民间工艺特色，图案时代感强，具有一定的历史和艺术价值。

六、昆明地区『一颗印』式民居建筑与近现代名人

1. 陈家营闻一多与华罗庚旧居

抗战时期，北京大学、清华大学、南开大学三所国内知名高校南迁昆明。成立了闻名世界的国立西南联合大学。1940年，为躲避日机轰炸，闻一多和华罗庚两家人先后在大普吉陈家营杨家宅院内居住，这是一排联排式典型的"一颗印"式民居建筑，三院主人为亲弟兄，昆明周边常见联体式"一颗印"式建筑，有双联式、三联式两种。

双联式"一颗印"式民居建筑

三联式"一颗印"式民居建筑

2. 司家营闻一多与朱自清旧居

　　司家营位于龙头街，抗战时期，居住着许多西南联大师生，闻一多一家于1941年10月初经陈梦家介绍，从谷堆村搬到司家营村一所才建好的一院"一颗印"式民居建筑内居住，房东姓司。二楼正房为闻一多办公室，因条件艰苦，闻一多用裁缝的大案板做书桌，后墙的书架上，堆满了从大普吉清华图书馆运来的书籍，其家人住二楼右侧厢房，朱自清住二楼左侧厢房。闻一多先生一直住到抗日战争胜利。

　　可以说，昆明的"一颗印"式建筑中，居住过众多的普通百姓，同时也居住过我国最杰出的科学家、著名教授、文化名人等社会名流，许多研究成果就是在这普通而奇特的建筑中完成的，从这点来说就是一个值得研究的文

位于龙头街司家营的"闻一多、朱自清"旧居

化现象。期待将来有更多更详尽研究昆明建筑文化的文章问世，以建设好我们共有的家园——昆明。

附图：『一颗印』式民居建筑部分实测图

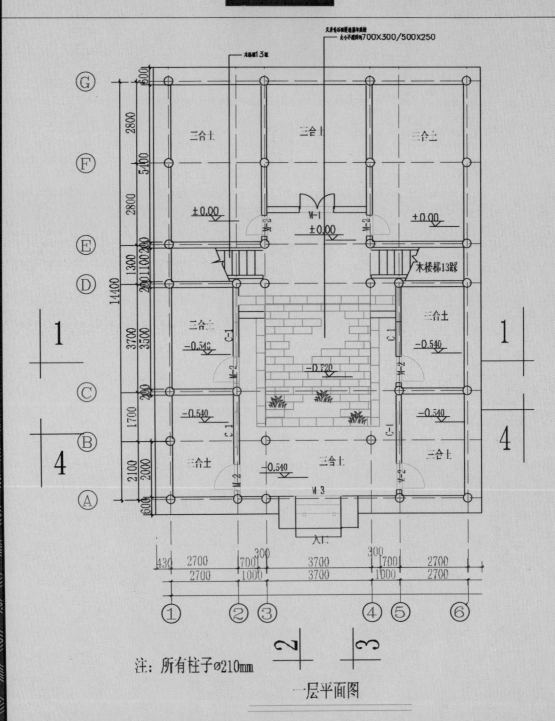

注：所有柱子∅210mm

一层平面图

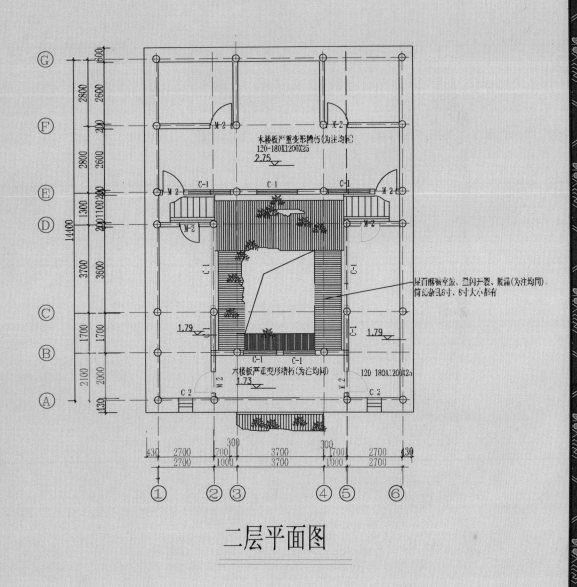

二层平面图

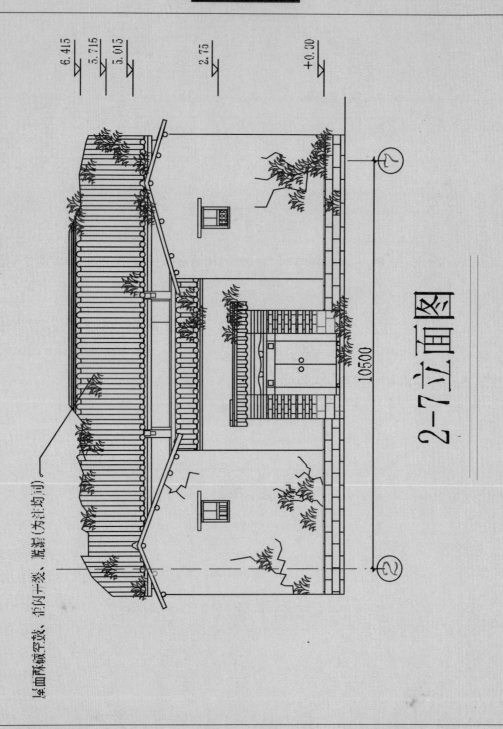

注：墙面采疏空造壁，往内干浆，脱煤（为注均匀）

2-7立面图

6.415
3.715
3.015

2.75

+0.30

10500

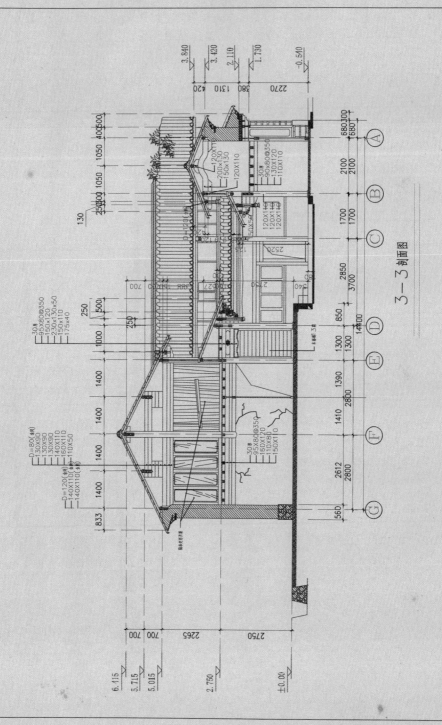

3－3剖面图

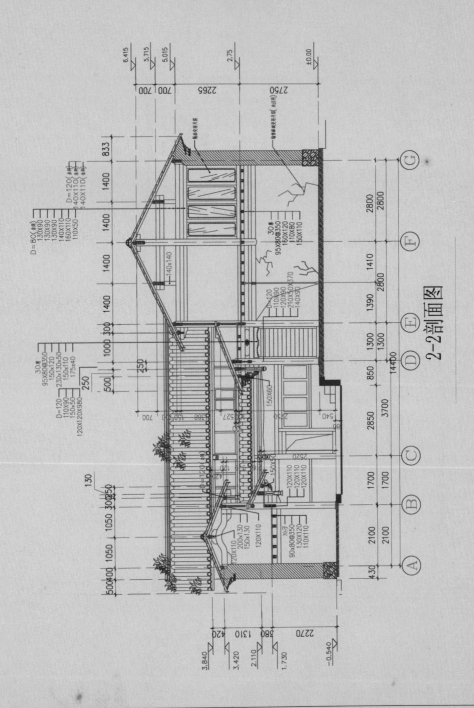

2-2剖面图

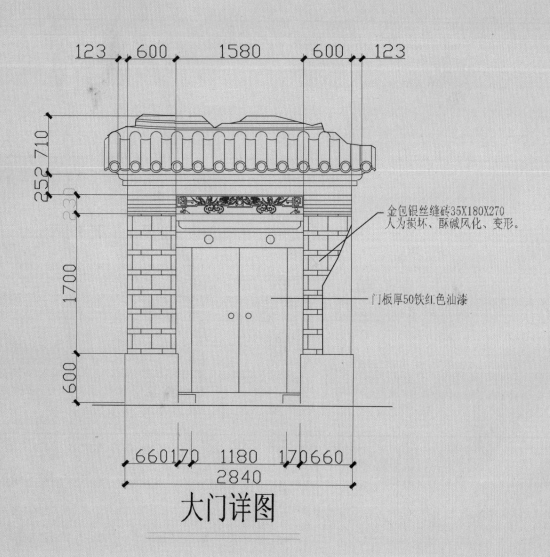

大门详图

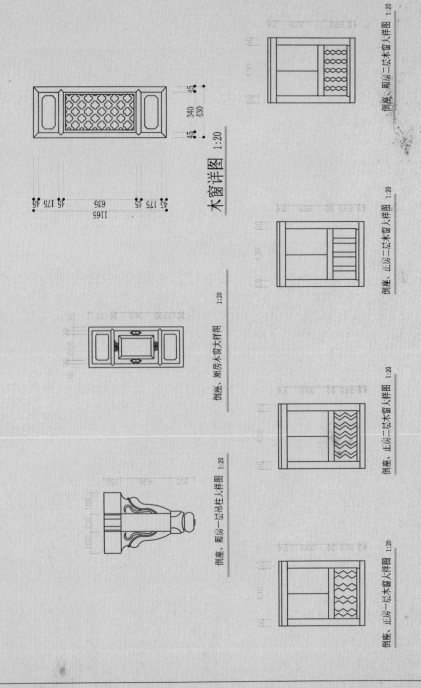

木窗详图 1:20

倒座、厢房木窗大样图 1:20

倒座、正房一层书柱大样图 1:20

倒座、厢房二层木窗大样图 1:20

倒座、正房二层木窗大样图 1:20

倒座、正房二层木窗大样图 1:20

倒座、正房一层木窗大样图 1:20

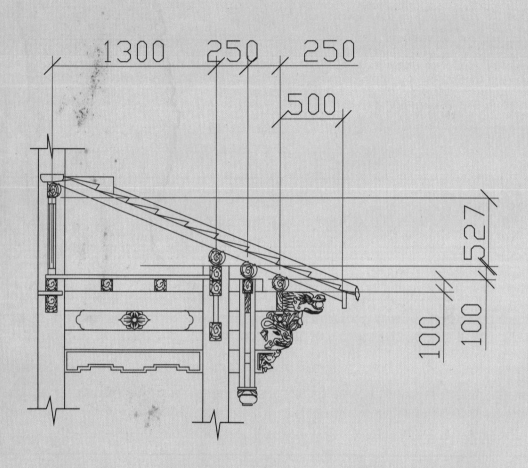

檐口大样图 1:20

后　记

　　经过一年多的努力，《一颗印——昆明地区民居建筑文化》的书稿终于完成了。在一年多的调查研究工作中，我们先后数十次前往昆明市周围各个乡镇，深入各个农家院落进行细致的调查研究，遍访各村中老者及文化人、当代工匠。这当中，我们获益匪浅，心灵得到一次洗礼，也学习到许多方面的知识，真正理解了民俗、民谚、民间文化与正史文化的相互呼应、相互补充。如昆明"一颗印"式民居建筑中的楼梯级数，民间就有踩单不踩双的说法，我们在多家建筑中特意数了数，果真基本上都是单数；譬如村民会说"这间房顶是两方水"，意思是房屋为双坡顶；说到木筋土墙的做法，村民会说这叫"墙肋笆"，是起防盗稳固的作用。

　　在调查工作中，我们克服了各种困难，有的地方山高路险，加上下雨路滑，经常险象环生；有的村公路汽车上不去，只有靠双脚一步一步地爬。大多数村寨没有饭馆，特别是一些偏远乡村，也不好意思打扰村里的人，我们经常早晨吃过早点，要到深夜才能赶回城里吃第二顿；有的乡镇因为离城太远，来回太耽误时间，只好就地寻找住处……尽管调查工作很辛苦，我们的团队并没有降低调查研究的质量标准，绘制了近百张图纸，拍摄了数千张照片，记录了近万字的采访和现场笔记。而每次整理资料，再次看到所拍摄的图片时，我依然会被照片中的精彩图像所感动，惊叹旧时人们对建筑文化的理解、叹服旧时工匠的技艺、感动旧时百姓对传统文化的传承。建筑的历史也是人类发展史的一部分，作为一名文物工作者，研究历史文化是一项不可推卸的责任。我虽然才疏学浅，在面对前人普遍采用的一种建筑形式、现在即将退出历史舞台的"一颗印"式民居建筑，亦不敢忘记这个责任。至少我们的这一点点记录，也是对城市发展变迁的一种记忆。

本书得以出版，要感谢许多的人，首先感谢居住在这块神奇土地上的昆明先民，是他们创造性的劳动成果，为今天的我们留下了宝贵的文化遗产。在调查编写过程中，感谢苏可、张国启、张松等人的付出帮助。在书稿完成后，感谢国家文物鉴定委员会委员、云南省文物鉴定委员会主任张永康教授，我省著名古建专家、云南省文物考古研究所古建室高级工程师李炳南先生，昆明市博物馆馆长田建先生，他们诚挚地对书稿提出了许多修改意见和建议，给予了我们极大的鼓励。

杨安宁于滇池湖畔

2010年12月

主要参考文献

1. 罗养儒：《云南掌故》，云南民族出版社。
2. 梁思成：《清式营造则例》，清华大学出版社。
3. 马曜：《云南简史》，云南人民出版社。
4. 罗哲文：《中国古代建筑》，上海古籍出版社。
5. 杜仙洲：《中国古建筑修缮技术》，中国建筑工业出版社。
6. 王其均：《中国古建筑语言》，机械工业出版社。
7. 王其均：《图解中国民居》，中国电力出版社。
8. 张道一、唐家路：《中国古代建筑木雕》，江苏美术出版社。
9. 商子庄：《中国古典建筑吉祥图案识别图鉴》，新世界出版社。
10. 张国启、雷虹：《沙朗白族风情录》，云南民族出版社。